아내와 인디언

박희만 수필집

초판 발행 2017년 6월 17일
지은이 박희만
펴낸이 안창현 **펴낸곳** 코드미디어
북 디자인 Micky Ahn **교정 교열** 백이랑

등록 2001년 3월 7일
등록번호 제 25100-2001-5호
주소 서울시 은평구 갈현로 318-1 1층
전화 02-6326-1402 **팩스** 02-388-1302
전자우편 codmedia@codmedia.com

ISBN 979-11-86104-58-3 03810

정가 12,000원

아내와

수필가 박희만이 쓰고 아내 이오희가 그린 인생 이야기

인디언

박희만 수필집

갱생원에서 보낸 몇 개월이 칠십 년 삶 속에서 가장 도드라진 기억으로 남아 있습니다. 반세기가 지나고 있지만, 아직도 머리 깊숙이 들어앉아 간간이 감정을 자극하곤 합니다. 삼 년 전 갱생원에서 지냈던 시간을 글로 옮겨보고 싶어 광진 문화예술회관에서 글쓰기를 배우기 시작했습니다. 열심히 하다 보니 등단도 하고 상도 받게 되었습니다.

책을 낸다는 건 엄두도 못 냈는데 지난겨울 아내가 70회 생일 기념으로 책 한 권 내면 좋겠다고 권하였습니다. 준비한다고 했는데, 워낙 재주가 없다 보니 한 권의 분량이 되지 않았습니다. 그러자 한글서예와 사군자를 배우고 있는 아내가 자신의 작품과 같이 엮으면 될 것 같다고 하여 용기를 냈습니다.

이 책을 읽는 분들이 나의 인생을 이해하는 데 조금이나마 도움이
되었으면 좋겠습니다. 그동안 글쓰기가 무엇인지도 모르는 사람을
부족하나마 한 권의 책을 낼 수 있기까지 성심껏 지도해주신 서금복
선생님께 진심으로 감사드리며 자신 없어 할 때마다 격려해준 문우
들과 한 권의 분량을 맞추기 위해 팔에 쥐가 나도록 작품을 준비한
아내에게도 고마운 마음을 전합니다. 아울러 책값을 부담해준 딸과
사위에게도 고맙다는 인사를 빠뜨릴 수가 없네요. 어려운 조건에도
모양 있는 책을 만들어주신 출판사 여러분께도 감사드립니다.

2017년 5월에
저자 박희만

어려서부터 붓 가지고 놀기를 좋아했지만, 모든 것이 허락지 않아 환갑 진갑 다 지나고 광진 문화예술회관에서 사군자와 한글서예 공부를 시작했습니다. 취미로 시작했지만 50여 년 만에 붓을 잡으니 떨리기만 하고 선도 그려지지 않았어요. 난을 잘 그리기 위해서는 선 긋기를 천 번 이상 그려야 한다고 어느 책에서 본 기억이 나서 나름으로 열심히 연습하니 난 선과 꽃의 모양이 잡히기 시작했습니다.

남편이 일흔 번째 생일을 맞이하여 책을 내고자 했으나 분량이 너무 적어 망설이고 있을 때 용기를 주려고 내 작품을 넣어 같이 엮자고는 했으나, 제 작품을 책에 싣기에는 많이 부족하여 많이 떨립니다.

한글서예는 십 년 미만 연습하고는 '서예 한다고 하지 말라'
고들 한답니다. 책을 내야 하는 여건상 어쩔 수 없지만, 걸음
마 단계인 저는 부끄럽기 짝이 없습니다. 그러나 저는 서예
를 하며 그림을 그릴 때가 가장 행복합니다. 건강과 시간이
허락하는 한 언제나 서예를 하고 그림을 그릴 것입니다.

저를 지도해주신 사군자 박은라 선생님과 한글서예 박한원
선생님께 머리 숙여 감사드리며 남편의 일흔 번째 생일을 진
심으로 축하합니다.

2017년 5월에
이오희

Contents

1 유년 시절

2 갱생원 생활

1

유년 시절

거머리의 불행한 식사

어릴 적 우리 집은 동네 사랑방이었다. 길갓집인 데다 나이 많은 어른이 없고 아버지께서 격의 없이 사람들을 대하다 보니 부담 없이 오 갔던 것 같다. 한겨울 저녁 식사가 끝나면 아버지 친구 몇 분은 으레 우 리 집에 모여 긴긴 겨울밤의 무료함을 달래곤 했다. 어린 나는 가끔 옛날 이야기를 해달라고 조르며 귀찮게 하기도 했다. 토끼처럼 귀를 쫑긋 세 우고 진지하게 듣고 있는 모습이 귀여웠는지 그분들은 특별한 경우가 아니면 언제나 친절하게 전해 주었다. 초가삼간에서 우리 식구들이 겪 어야 할 불편에 대한 배려였는지도 모른다.

아주 먼 옛날 처녀가 산골짜기에서 나물을 뜯다가 목이 말라 옹달샘

물을 마신 후 개구리를 낳았고, 깊은 산속 웅덩이에서 처녀가 목욕을 하고 장차 용이 될 구렁이를 낳았다는 이야기 끝에 "그래서 여자들은 항상 몸조심을 잘해야 하능겨" 하던 말이 가끔 기억 속에서 가물가물 나타났다 사라지곤 한다.

　해마다 첫 장마는 겨우내 묵었던 쓰레기를 쓸고 내려가 시냇가를 깨끗하게 해준다. 흙탕물이 지나고 열흘 정도 있으면 수위도 낮아지고 시냇물은 마셔도 될 만큼 맑고 깨끗했다. 아주 큰 장마가 아니면 지난해 그 자리에 모래톱과 자갈밭을 새롭게 만들어 놓는다.

　초등학교 3, 4학년쯤의 여름이었다. 그해에도 물이 한 차례 지나가 군데군데 깨끗해진 모래톱과 자갈밭을 오가며 친구와 신나게 놀고 있었다. 그리고 오십 미터쯤 떨어진 곳에선 우리보다 서너 살 위인 동네 누나 셋에서 엉덩이를 물속에 담그고 다슬기를 줍고 있었다. 한참 물과 모래톱을 오가며 즐겁게 놀고 있는데 자지러지는 듯한 비명소리가 들렸다. 소리 나는 곳을 쳐다보니 누나 한 사람이 모래밭에서 다리를 벌리고 앉아 울고 있었고 두 사람은 그곳(?)을 들여다보고 있었다. 호기심이 발동한 우리는 그곳으로 뛰어갔다. 우리가 가까이 온 것을 알아차린 누나들은 "오지 마", "가" 하고 소리소리 질렀다. 하지 말라고 하면 더 하고 싶은 것이 사람의 심리라 했던가. 호기심의 갈증을 풀기 위해 주변을 서성이며, 다리를 벌리고 앉아있는 누나를 보니 붉은 피가 하얀 속살을 타고 천천히 흘러내리고 있었다. 무슨 일이 있었기에 그곳에서 피가 나는지 궁금하여 우리는 한발이라도 더 가까이 가기 위해 조금씩 조금씩 다가갔다. 가까워졌다 싶으면 또다시 찢어지는 소리로 우리의 접근을 막았다. 깜짝 놀라 돌아서는 척하다 다시 돌아서는 줄다리기를 하고 있는데, 또다른 누나는 풀잎을 뜯어 속옷 속으로 집어넣더니 꿈틀대는 거머리를 꺼내어 모래밭에 내동댕이쳤다. 둑방 옆에서 밭일을 하던 아주머니도 그 모습을 보았는지 한걸음에 달려왔다. 피가 흐르는 곳을 쳐다본 그분은 괜찮다고 안심시키며 '하필이면 그곳까지 들어가 빨아댔나' 하며 중얼거리더니 대수롭지 않다는 듯 쑥잎을 뜯어 돌로 찧었다.

그 거머리는 식사하기에 적당한 곳을 찾아다니다 그곳까지 들어가게 되었을 것이다. 속옷이 보호막 노릇을 하고 있으니 사람 눈에 띄지 않아 마음 놓고 식사를 할 수 있었을 것이다. 뜻밖에 힘 많이 쓰지 않고 빨 수 있는 좋은 환경에서 식사를 하다 보니 양이 차서 빨판을 놓아야 할 때를 잊었던 것은 아닐까. 우리는 거머리가 있는 곳으로 다가갔다. 그 거머리는 말거머리였다.

거머리를 보는 순간 옛날이야기가 떠오르며 그 누나가 거머리를 낳지 않을까 걱정스러운 생각이 불현듯 머리를 스치고 지나갔다. 덩치가 큰 말거머리는 먹는 양도 많아서 그놈에게 뜯긴 자리는 며칠씩 가려워 고생을 한다. 모래밭에 던져진 말거머리는 얼마나 먹었는지 몸통이 둥실하게 부풀어 올라 뜨거운 모래밭에서 꿈틀거리고 있었다. 거머리는 양이 차면 스스로 떨어지는데 그 거머리는 안전한 곳에서 맘 놓고 식사를 하다 때를 놓친 것이다. 뜨거운 모래를 뒤집어쓰고 서서히 수그러드는 거머리의 동작이 애처롭게 보였다.

잔뜩 겁에 질려있던 누나들의 표정도 거머리의 주검과 함께 평온을 찾아가고 있었고, 아주머니는 밭으로 가다 시냇물 한가운데서 여유로운 세수를 하고 있었다. 다슬기 그릇을 챙긴 누나들은 엉거주춤한 모습으로 물길 따라 마을을 향해 천천히 발걸음을 옮기고 있었다. 한발 한발 멀어지는 그들의 뒷모습에서 '여자들은 항상 몸조심을 잘해야 하능겨' 하는 소리가 들리는 듯했다.

덕
구

60년대만 해도 5일장은 시골 사람들의 잔칫날이라 할 만큼 붐볐다. 나의 고향도 예외가 아니어서 장날만 되면 나름대로 깨끗한 옷을 차려입고 장에 가는 사람들로 여느 때와는 달리 동네 마당이 분주했었다. 우리 집은 신작로에서 가장 가까운 길갓집이라 이웃 동네에서 장에 가는 사람들을 마루에서 바로 구경할 수 있었다. 더구나 울타리를 나뭇가지로 얽어 만들었기 때문에 바깥의 모습을 한눈에 살필 수 있었다. 나뭇짐을 높이 실은 달구지 굴러가는 소리는 삐그덕 덜커덩 박자를 맞추고, 아낙들의 머리 위엔 고만고만한 보따리가 묘한 곡선으로 춤을 추며 따라가고 있었다.

오후 들어 해 질 무렵이면 신작로가 또 한 차례 시끄럽다. 모처럼 이런저런 사람들과 술잔을 기울인 사람들의 목소리는 활기가 넘쳤다. 아버지께서도 약주를 좋아하셔서 장에 가는 날이면 해가 서산을 넘어가야 돌아오셨다. 그래서 아버지께서 장에 가시는 날이면 으레 덕구와 함께 마중을 나가는 것이 나의 임무처럼 되어 있었다.

덕구는 우리 집 개 이름이었는데 수놈이었다. 이름은 내가 지어주었다. 큰댁에 사냥을 잘하는 개가 있었는데 이름이 덕구였다. 그래서 용맹스러운 개가 되라고 그렇게 지었다. 내 뜻을 알았을까, 큰댁 덕구 못지않게 우리 덕구도 우람한 체격으로 이웃 동네까지 대장 노릇을 했다. 먹을 것도 챙기며 좋아해서인지 특별히 나를 잘 따랐다. 어쩌다 마을 근처에 있는 산 정상에 올라 휘파람을 불면 귀신같이 알아듣고 단숨에 올라왔다. 덕구가 옆에 있으면 웬만한 사람보다 더 든든했다.

중3 때의 겨울, 눈이 하얗게 내린 장날이었다. 그날은 다른 때보다 아버지의 귀가시간이 늦어져 식구들이 화롯가에 둘러앉아 걱정하고 있었다. 그때만 해도 밤에 늑대가 가끔 나타날 때가 있어 어머니께서도 선뜻 마중 나가 보라는 말은 못 하고 속앓이만 하고 계셨다. 무서운 생각이 들었지만 덕구를 믿고 마중을 가겠다고 하니 모두가 말렸다. 눈이 쌓여 미끄러운 데다 산짐승이라도 만나면 위험하다는 것이었다. 덕구와 함께 가면 괜찮다고 안심시키며 지겟작대기를 들고 집을 나섰다. 고요한 적막 속에 눈 밟는 소리가 뽀드득뽀드득 긴장을 풀어 주었다. 덕구는 십여 미터 앞에서 꼬리를 살랑거리며 앞서가다 뒤돌아보며 내가 따라오는 것을 확인하고 또 걷고를 반복했다. 산모퉁이를 돌아섰을 때 덕구가 짖기 시작했다. 밤에 짖는 덕구의 우렁찬 소리는 나를 안심시켰다. 전방에 보이는 밭둑에 짐승의 움직임이 보였다. 덩치가 큰 것으로 보아 늑대가 분명했다. 가슴이 덜컹 내려앉으며 머리끝이 쭈뼛 섰다. 나도 모르게 "물어라. 물어라" 소리 지르며 작대기로 땅을 계속 내려쳤다. 나의 응원 소리에 덕구가 늑대 근처까지 달려가자 늑대가 서서히 도망가기 시작했다. 나는 계속 소리 지르며 지겟작대기로 돌을 쳐서 소리를 최대한 크게 키워 응원했다. 덕구는 늑대를 따라가며 우렁차게 짖어댔다. 나는 그사이 빠른 걸음으로 다음 산모퉁이를 향해 걸었다. 모퉁이에 다다를 무렵 인기척이 들렸다. 자세히 보니 중심이 흐트러진 두 사람이 오고 있었다. 언제 왔는지 덕구가 아버지의 목소리를 알아차리고 꼬리를 흔들며 끙끙거리는 소리로 아버지에게 뛰어오르며 반가움을 나타냈다. 아버지는 '추운데 왜 나왔냐' 며 오히려 우리를 나무랐다. 옆에 있던 동네 아저씨도 '너 왔구나' 하며 혀 꼬부라진 소리를 했다. 이튿날 엊저녁 일을 말씀드리며 가족을 생각해서 해지기 전에 귀가했으면 좋겠다고 했더니 아버지는 미안해 하면서도 밤길에 혼자 다니지 말라고 오히려 타이르는 것이었다. 덕구가 아니었다면 어림도 없는 마중이었다.

어른들 말에 의하면 늑대는 사람을 잡아먹을 때마다 귀가 찢어진다고

18
아내와 인디언

했다. 한 사람이면 한 군데 두 사람이면 두 군데가 찢어진다는 것이다. 초등학교 때 잡아 온 늑대를 구경한 적이 있다. 그 늑대는 오른쪽 귀가 조금 찢어져 있었다. 산골에서 살다 보면 산짐승을 만나는 경우가 종종 있다. 늑대도 사람이 개와 같이 있으면 도망간다는 말이 있다. 아마도 나는 그 말을 믿고 있었던 것 같다.

그 일이 있은 후 일 년쯤 되었을 때 덕구가 사라졌다. 하루가 가고 이틀이 지나도 덕구는 오지 않았다. 그래도 덕구의 식사는 매일 챙겨 놓았다. 일주일 정도 지날 무렵 윗동네로 가는 고개를 무심코 바라보고 있는데 덕구가 넘어오는 것이 희미하게 보였다. 나도 모르게 큰소리로 "덕구야!" 부르니까 속력을 내어 뛰어왔다. 마치 꿈을 꾸고 있는 듯했다. 덕구의 목을 끌어안으니 고였던 눈물이 뺨을 타고 흘러내렸다. 덕구도 꼬리가 부러질 정도로 흔들며 낑낑거리고 있었다. 그렇게 우리는 한 몸이 되어 있는데 덕구 밥 먹게 그만 놓으라는 누나의 목소리가 들렸다. 덕구를 데리고 밥통으로 갔다. 허겁지겁 밥을 먹는 덕구의 눈에도 촉촉함이 배어 있었다. 밥을 다 먹은 덕구는 자기 집으로 들어가 한참을 나오지 않았다.

소문을 들은 동네 사람들이 하나둘 모여 덕구에 대한 이야기꽃을 피웠다. 그중 나이 드신 어른이 전해오는 이야기를 들려주었다. 개가 집을 나가는 것은 집에 우환을 막기 위해서라는 것이었다. 그 이야기를 들으니 무서운 생각이 들면서 우리 집에 무슨 일이 날려고 했기에 덕구가 가출을 했는지 궁금하지 않을 수 없었다. 그런데 6~7개월쯤 지났을까, 덕구가 또다시 가출을 했다. 하루 이틀 그리고 일 년이 지나도 덕구는 돌아오지 않았다. 동네 어른 말씀대로 덕구가 어머니의 불행을 막기 위해 가출을 하고, 또다시 닥쳐오는 불행을 막고자 가출을 한 것이었을까. 하지만 덕구가 가출했음에도 어머니는 얼마 못 사시고 돌아가셨으니 그 사건은 아직도 수수께끼로 남아있다.

미루나무의 눈물

고향 시냇가의 밭둑에 큰 미루나무가 있었다. 수령이 얼마나 됐는지는 모르지만 여러 동네를 다녀 봐도 그렇게 큰 미루나무는 보지 못했다. 나무 중간쯤에 가지가 세 갈래로 뻗어 웅장함을 더했고, 그 아래 가지가 잘린 곳이 썩어 다람쥐가 들락거릴 만큼 커다란 구멍이 있었다. 그곳에 새들이 둥지를 틀고 새끼들을 키웠다.

봄이면 나무에 올라가 아무런 죄의식도 느끼지 않고 까치나 작은 새들의 둥지에서 알을 꺼내 허기를 채우기도 했다. 알을 깬 후 대파 속에 넣어 입구를 질긴 풀로 동여맸다. 모닥불에 구워 소금을 찍어 먹는 것은 맛도 있지만, 허기를 달래주었다.

어느 봄날 여느 때와 같이 친구와 함께 미루나무 밑으로 향했다. 나무 타는 것은 친구보다 잘했기에 항상 나무 오르는 것은 내 담당이었다. 그 날도 새알을 꺼내기 위해 나무로 오르기 시작했다. 삼 미터쯤 올랐을까, 발이 미끄러져 떨어지고 말았다. 친구가 다가와 걱정스러운 표정으로 내 눈치를 살피고 있었다. 다행히 나무 밑의 모래톱에 떨어져 다치지는 않았다. 잠시 쉬었다가 다시 시도해 보았다. 그런데 이번에도 몇 발짝 오르지 못해 떨어졌다. 비가 와서 미끄러운 것도 아닌데 이상하다는 생각이 머리를 스치고 지나갔다. 떨어지면서 돌에 팔꿈치를 부딪쳐 팔이 아파 나무 타는 것을 포기하고 집으로 돌아왔다. 마루에 누워 생각해보니 그동안 미루나무를 귀찮게 하고 뭇 새들에게도 못 할 짓을 많이 해서 다시는 오르지 말라고 미루나무 신이 화를 냈다는 생각이 들었다. 그 후로는 새알 꺼내는 것을 그만두었다. 한 번도 실패 없이 오르던 나무였는데 그날의 그 사건은 아직도 숙제로 남아있다.

장마철 큰물이 한차례 지나고 나면 미루나무 밑은 모래와 자갈이 적당한 비율로 섞여 맑은 물과 함께 놀기 좋은 휴식처를 만들어 주었다. 낮에는 떡 감으며 고기도 잡고 모래톱에서 뒹굴곤 했다. 밤이면 옥수수나 감자 따위를 쪄서 먹으며 여름을 보냈다. 어려서부터 나무타기를 좋아했던 나는 여름철을 그 주변에서 보내며 자랐다.

　가을이 시작될 무렵 친구들과 다른 동네에서 놀다 돌아와 보니 미루나무가 시냇물을 가로질러 누워있었다. 낯 모르는 몇 사람과 동네 사람들이 모여 웅성거리고 있었다. 어른들에게 직접 물어볼 수 없어 왔다 갔다 하면서 대화 내용을 확인해보려 했지만 무슨 사연 때문에 나무가 베어졌는지는 알 수가 없었다. 그날부터 동네의 화제는 온통 미루나무 이야기뿐이었다. 동네의 액운을 막아주는 수호신이었다는 어른들의 이야기를 들으니 정말 미루나무에 신이 있을지도 모르겠다는 생각이 들었다. 나중에 사연을 알고 보니 나무 주인 아들의 대학 등록금 때문에 성냥공장으로 팔려간다는 거였다. 그 당시만 해도 산골짜기 동네에서 대학교에 다닌다는 것은 대단한 화젯거리였다.

　나무가 없어지고 나니 동네가 전혀 다른 모습으로 변해 낯선 동네에 와 있는 듯했다. 가려있던 시야가 확 트여 멀리 보이지 않던 상엿집이 한눈에 들어와 더욱 스산함을 느끼게 했다. 이튿날 나무 자르는 작업이 시작되었다. 밑동 굵은 부분 몇 토막은 일정한 길이로 잘렸다. 모래톱에서 도로까지는 약 50m 정도의 거리였지만 험한 언덕길이고 지금처럼 좋은 장비가 아닌 재래식 지게로 옮겨야 했다. 워낙 나무가 크고 길이 험하다 보니 보통사람은 힘이 모자라 도로까지 옮길 수 있는 사람이 없었다. 할 수 없이 다른 동네에서 힘이 센 사람을 찾아 돈을 주고 모셔왔다고 했다.

그 사람과 동네 사람들이 힘을 합하여 간신히 옮길 수 있었다. 그렇게 미루나무는 대학생의 가슴에 자신의 영혼을 남기고 우리 곁을 떠났다.

우리 집에선 문만 열면 방에 앉아서도 미루나무 전체를 볼 수 있었는데 나무가 없어지고 보니 귀한 것을 잃어버린 것 같은 허전함을 지울 수가 없었다. 며칠 후 잔가지 치우는 것을 기다렸다가 미루나무가 있던 곳을 가보았다. 끊임없이 노래했던 새들은 어디론가 자취를 감추었고 나풀나풀 춤추던 나뭇잎도 물속이며 자갈밭에 애처롭게 나뒹굴고 있었다. 멀리 산자락의 풍경도 더욱더 낯설게 다가왔다.

동네의 수호신 같은 존재였고 나에게 많은 것을 깨닫게 했던 미루나무는 잘린 밑동에서 누런 수액을 흘리며 울고 있었다. 돈이 없어 상급학교 진학을 꿈도 못 꾸고 있던 나도 따라 울고 있었다.

아내와 인디언

뱀
과

정
력

중학교 다닐 때 장돌뱅이처럼 장날을 기다릴 때가 있었다. 시냇물이 흘러 강에서 만나듯 장날이면 산골짜기 오지 사람들도 시장으로 모여든다. 그들이 모인 장터는 종일 활기가 넘쳐난다. 시장 한가운데를 관통하는 길이 학교를 오가는 길이다 보니 볼거리가 많아 자연스럽게 눈요기를 할 수 있었다. 그래서 장날이 즐거웠고 기다려졌던 것이다.

어느 장날이었다. 수업이 끝나 집으로 가는데 극장 앞 가로수 밑에 사람들이 빙 둘러서서 무엇인가를 열심히 듣고 있는 것이 보였다. 무엇이 나의 호기심을 자극할까 궁금하여 단짝과 함께 그곳으로 발길을 옮겼다. 우리는 도둑고양이처럼 어른들 다리 사이로 살며시 얼굴을 들이밀었다. 그 안에는 뱀을 넣은 술병과 뱀의 생식기 부분을 말린 것들이 어지럽게 종이 위에서 주인을 기다리고 있었다. 수염이 덥수룩한 아저씨는 나무 궤짝을 깔고 앉아 왼손으로 까치독사의 목을 움켜쥐고 오른손에는 한 자쯤 되는 핀셋으로 뱀의 생식 부위를 가리키며 효능에 대해 침을 튀겨가며 설명하고 있었다. 잠시 후 정력에 뱀만 한 것이 없다고 열을 올리는가 싶더니 우리를 발견하고 애들은 가라며 들고 있던 핀셋을 치켜들었다. 우리는 물건을 훔치다 들킨 사람처럼 깜짝 놀라 집으로 향했다.

정력에 대해 곰곰이 생각하는데 바를 정(正)자와 힘 력(力)자가 떠올라 나름 바르게 힘쓰는 것이라고 해석했다. 그래서 운동선수들이 쓰는 힘이 정력이라고 생각했다. 나는 친구에게 자랑하고 싶어 정력이 무슨 뜻인지 의기양양하게 물어보았다. 나보다 성숙했던 친구는 어디서 들었는지 "야! 그것도 몰라 여자한테 힘쓰는 거야" 하고 무슨 경험이라도 한 것처럼 어른스럽게 대답했다. 한자 실력을 뽐내려다 머쓱해진 나는 입을 닫고 집으로 돌아왔다.

친구한테 기가 죽은 나는 장날이면 가끔 가로수 밑에 숨어들어 뱀의 생식기를 많이 먹으면 정력精力이 좋아지고 몸이 튼튼해진다는 도둑 강의를 들었다. 뱀 장수의 이야기를 듣고 보니 친구의 말도 틀린 말은 아닌 것 같았다. 그 후 탕이나 술을 담글 수 없는 나는 뱀을 잡아 구워 먹기 좋

아내와 인디언

게 가루를 내어 작은 병에 넣어 갖고 다니며 먹곤 했다. 여자에게 힘쓰기 보다는 늘 힘에서 밀리는 친구를 대항하기 위해서였다. 그 당시 나는 동네에서 덩치가 제일 작아 힘에서 밀리고 있었기 때문에 무엇 하나라도 우위에 서고 싶어 했다. 어쩌다 친구와 함께 뱀 사냥에 성공하게 되면 친구는 재빨리 생식기만 챙겨 먹어 나의 감정을 불러일으키곤 했다. 그래서 나는 혼자서 뱀 사냥을 할 때가 많았다. 옛날 고향 부근에서는 뱀이 사람에게 좋다는 소문이 널리 퍼져 있었다.

친구는 상급학교로, 진학을 할 수 없는 나는 직업을 찾기 위해 서울로 향하면서 우리는 헤어졌고 정력의 심벌^{symbol}인 뱀 사냥도 끝이 났다. 서울에서 직장생활 하다 명절 때가 되면 고향에 내려가 친구를 만났다. 변한 게 별로 없는 나에 비해 친구는 몰라보게 성숙해 있었다. 목소리도 굵어지고 근육이 발달하여 청년과 소년이 만나는 것 같았다. 뱀의 효과도 사람을 차별하며 나타나는 것이 아닐까 하는 질투심이 일기도 했다.

몇 해 전 어느 텔레비전 방송에서 뱀이 정력에 좋다는 설에 대해 근거 없다는 방송을 한 적이 있다. 그리고 적지 않은 금액으로 뱀술이나 뱀탕을 사고팔다 적발되었다는 뉴스를 본 적도 있다. 그 방송을 보니 부끄러운 생각과 함께 뱀 장수가 떠올랐다. 효험을 보지 못한 나는 그럴 때마다 뱀에게 죄스럽고 미안한 생각이 들었다. 뱀에 대한 이야기는 옛날부터 많이 떠돌지만 딱히 뱀 때문에 어디가 좋아졌다는 말은 들은 기억이 없다. 뱀 장수의 말대로라면 나는 넘치는 정력을 주체하지 못했을 것이다. 뱀 장수의 말이 틀리길 천만다행이 아닌가 싶다. 만약 그의 말이 맞았다면 나는 또다시 뱀 사냥에 나서지 않았을까.

가끔 정력을 잘 못써서 명예롭지 못한 삶을 살아가는 사람들을 여러 매체를 통해 확인할 때가 있다. 그러고 보면 정력精力이라는 말을 만들어 사용하는 것은 어떨는지…. 정력이 무엇인지도 모르면서 뱀만 못살게 했던 시간들이 머리에서 어지럽게 맴돈다.

오
정
리
소

저녁 식사를 끝내고 푹신한 소파에 비스듬히 누워 텔레비전을 본다. 우리말 겨루기 프로그램이다. 내가 출연자라도 된 양 큰소리로 맞추곤 하는데, 이번 정답은 '소도 언덕이 있어야 비빈다'라는 속담이다. 그 속담을 보고 있으려니 고향에 있는 오정리 고개가 떠올랐다.

고향 집에서 바라보면 오정리 고개가 한눈에 들어온다. 정상에서 백미터쯤 내려오면 서낭재로 향하는 길과 우리 마을로 올 수 있는 삼거리가 있다. 가을걷이가 끝나면 몇몇 사람들은 서낭재를 넘어 산속 깊은 곳을 찾아 들어가 나무를 해다 쌓아 놓고 땔감으로 쓴다. 하지만 상품 가치가 있는 나무들은 장날에 내다 판다. 서너 대씩의 달구지가 나뭇짐을 실어 날랐다.

오정리 사람들은 삼거리에서 십여 미터 내외의 급경사를 올라야 고개를 넘을 수 있다. 그곳은 소나 사람 모두가 싫어하지만 그 길이 아니면 갈 수 있는 길이 없다. 짐을 실은 소에게는 지옥문과도 같은 길이다.

날씨가 좋은 날이면 어김없이 나뭇짐 실은 달구지들이 어둠이 내리기 시작할 무렵 삼거리 오르막에 도착한다. 그리고 잠깐 숨을 고른다. 마지막 남은 고개를 넘기 위해서.

식구들 중에서 가장 먼저 식사를 끝내는 나는 저녁을 먹고 마루에서 그곳을 호기심 어린 눈으로 한참씩 구경하곤 했다. 대부분 단숨에 올라가지만 어떤 날은 두세 번 만에 오르는 경우도 있었다. 가끔은 무리하게 짐을 실어 소가 지쳐 오르지 못해서 짐을 덜어놓고 오르는 날도 있었다. 소가 오르다 지쳐 쓰러지면 담뱃불로 사타구니를 자극해 반사적인 힘을 이용해 올라간다는 끔찍한 이야기도 들렸다.

며칠이 지났을까 저녁을 먹고 마루에 앉아 오정리 고개를 습관처럼 바라보고 있었다. 짐이 많이 실렸는지, 소의 힘이 약했는지, 달구지 한 대가 한참을 비벼대도 오르지 못하고 있었다. 그 모습을 보고 있던 사촌 형과 동네 형이 그곳으로 향했다. 나도 몇 발자국 뒤에서 따라가 보았다.

황소가 얼마나 힘을 썼는지 깊은 숨을 몰아쉬며 거품 같은 침을 하얗게 흘리고 있었다. 사촌 형님과 인사를 나눈 주인은 황소를 재촉해 다시 오르기 시작했다. 나는 어른들 하는 일에 방해가 될 것 같아 작은 바위 언덕에서 불쌍한 황소를 마음속으로 응원했다. 다른 사람들은 옆과 뒤에서 밀고 주인은 작대기로 내리치며 소리도 질러 보지만 지쳐있는 황소는 중간쯤 오르다 앞으로 고꾸라지며 무릎을 꿇고 말았다. 옆에서 밀고 있던 누군가가 앞으로 나와 코뚜레를 잡아당기자 마음대로 하라는 듯 벌어진 입에서 고통스러운 신음만 허공 속으로 날리고 있었다. 그들은 어쩔 수 없이 뒤로 밀고 내려와 달구지에서 소를 풀어 물을 떠다 먹이며 소를 쉬게 하였다.

잠시 쉬었다 다시 오르기 시작했다. 마지막 고비를 눈앞에 두고 황소는 다시 무릎을 꿇고 말았다. 주인인 듯한 사람이 쥐고 있던 작대기로 엉덩이를 내리치지만 지칠 대로 지친 황소는 거친 숨만 힘들게 내쉬고 있었다. 황소가 맞을 때마다 내 어깨가 움츠러들고 다리에 힘이 빠지고 있었다. 소가 너무 불쌍해 달구지 뒤로 물러났다. 순간 '이랴'하는 소리와 함께 작대기로 사타구니 주변과 항문 주위를 쿡쿡 찌르는 동작을 하자 갑자기 이상한 소리와 함께 헐레벌떡 일어나 앞으로 내달아 마지막 고비를 넘었다.

그때 황소가 흘린 하얀 거품은 갱생원에서 흘렸던 나의 눈물과 이어진다. 열아홉 살 늦은 봄, 어머니를 여의고 슬픔을 견디지 못해 가출하여 방황하다 갱생원으로 끌려갔다. 희망이 보이지 않는 절망적인 환경이었다. 밥이라고는 아침에 깡보리밥 한 그릇, 점심과 저녁은 수제비와 옥수수가루죽으로 연명하며 하루 종일 힘겨운 노동에 시달려야 했다. 탈출을 생각해 보았지만 사방이 철조망으로 막혀있고 24시간 경계 근무를 하고 있기 때문에 엄두가 나지 않았다. 철조망 너머의 자유와 희망은 점점 더 멀어지는 것 같았다. 날이 갈수록 철조망은 더욱더 높게 다가왔다. 두 달 넘게 힘든 나날을 보내고 있다 보니 뜻하지 않게 철조망을 벗어나 간척지 일하는 곳으로 옮겨갔다. 간척지 일이 익숙해질 무렵 탈출할 수 있는 결정적 기회가 생겨 탈출을 시도했다. 어느 쪽이 안전한 방향인지도 모르고 무조건 길 따라 달렸다.

길옆으로 어른 키 한 길 반쯤 되는 수만 평의 갈대가 수로와 어지럽게 얽혀 있었다. 그대로 달리다간 얼마 못가 잡힐 것 같아 수로를 건너 갈대 숲으로 몸을 숨겨 동태를 살폈다. 용서해 줄 테니 나오라는 소리가 멀리서 들렸다. 쥐 죽은 듯 한참을 기다렸다가 제방 가까이 올라 살펴보니 그들이 멀리 갱생원 후문을 향해 가는 모습이 희미하게 보였다. 해는 서산에 걸려 붉은빛으로 그곳을 물들이고 있었다. 제방 언덕에 누워 하늘을 바라보고 있으니 발바닥 여기저기에 통증이 느껴졌다. 그때 오정리 고개를 넘던 황소가 생각났다. 모진 매를 다 맞아가며 힘겹게 넘어가던 황소의 모습이 나의 가슴을 울리고 있었다.

우리말 겨루기 프로그램은 어느새 끝나 있었다. '소도 언덕이 있어야 비빈다'고 했지만 갱생원에서 탈출한 나는 비빌 언덕조차 없었다. 그렇지만 열심히 일한 덕에 이제는 한강의 노을을 바라볼 수 있는 푹신한 소파에 누워 텔레비전을 보고 있다. 오늘의 내가 어제의 나를 잊어서는 안 된다는 생각으로 열심히 살았다.

눈물이 눈가를 적신다. 눈물도 어제의 나를 아직도 잊지 못하고 있는 게 분명하다.

2

갱생원 생활

가출

열아홉 살 되던 초여름, 어머니를 하늘나라로 보내
드리고 고향에 남아 있으면 슬픔을 견딜 수 없을 것 같아 삼우제를 지내
고 바로 서울로 올라와 복직했다. 며칠은 견딜 만한 듯했으나 충격이 너
무 컸었는지 밤만 되면 어머님 생각에 눈물로 베개를 적시는 날이 많아
졌다. 일과가 끝나고 직원들이 퇴근하면 공장이 텅 비는 것처럼 내 가슴
도 공허함 속에 슬픔만 밀고 들어왔다. 빨리 기술을 배워 어머니 손가락
에 금반지를 끼워 드리려 했던 꿈이 산산이 부서지고 나니 살아갈 용기
마저 잃었다.

어느 날 저녁, 마음을 잡지 못하고 무작정 열차에 몸을 실었다. 얼마를

달려 대전역에 내렸다. 한밤중이었다. 국수로 저녁을 때우고 대합실 의자에 앉아서 생각에 잠겼다. 막상 가출을 하고 보니 어떻게 살아야 할지 막막했다. 갑자기 슬픔이 밀려와 의자에 얼굴을 묻고 훌쩍이고 있는데 누가 발을 툭툭 치며 어디서 왔으며 왜 우느냐고 묻는다. 힐끔 고개를 들어 쳐다보니 한 손에 구두솔을 들고 있었다. 무서운 생각에 대꾸도 않고 매표소로 갔다. 그 사람은 무어라 중얼거리며 몇 발짝 따라오다 되돌아갔다. 엉겁결에 부산 가는 완행 열차표를 사고 보니 십 원짜리 몇 개만이 주머니에서 찰랑거렸다. 열차는 만원인 데다 역마다 정차했기에 시간이 무척이나 지루하고 피곤했다. 얼마쯤 가다 출입구 계단에 한자리 차지할 수 있어서 다행이었다.

부산에 도착하니 새벽이었다. 무작정 버스를 타고 안내양에게 머리 숙여 사정했다. 그때만 해도 인심이 넉넉해서 거절하지는 않았다. 어딘지는 모르지만 거리가 번화한 것을 보니 시내의 중심가인 것 같았다. 배가 고파 식당에 들어가 무전여행 왔다가 돈이 떨어져 식사를 못했다고 거짓말을 하며 사정을 했더니 주인인 듯한 아주머니께서 집 나오면 고생이라며 아들 밥 챙기듯 정성껏 차려주었다. 부모님께서 걱정이 많을 테니 빨리 집으로 돌아가라는 말을 들을 땐 어머니 생각에 목이 메여 밥이 목구멍을 넘지 못하고 입안에서 맴돌고 있었다. 나오는 눈물을 억지로 참으며 식사를 간신히 마치고 고맙다는 말을 남기고 도망치듯 식당을 나왔다. 버스를 타고 한참 가다 내려 반대편에서 또 타고 내리기를 몇 번 하다 보니 저녁때가 되었다. 뭘 어떻게 해야 할지 도무지 헝클어진 머릿속은 정리가 되지 않고 고민과 슬픔만이 온몸을 휘감고 있었다. 다시 버스를 타고 종점까지 갔다. 옆 사람에게 물으니 해운대라고 했다. 종점 차고지를 보니 문 열린 차들이 몇 대 보였다. 버스에서 자야겠다고 마음먹고 바다가 보이는 곳에서 통금이 오기를 기다렸다가 몰래 들어가 의자에 누워 잠이 들려고 하는데 누가 일어나라고 깨운다. 깜짝 놀라 벌떡 일어났다. 기름에 찌든 작업복 차림의 아저씨였다. 따라오라고 해서 갔더니 사무실이었다.

일과가 끝나 대부분의 사람들은 집에 가고 정비사인 듯한 몇 사람만이 작업을 하고 있었다. 그 아저씨는 내 얼굴에 쓰여 있는 것처럼 '너 집 나왔지?' 하고는 내 대답이 나가기도 전에 그렇게 살면 나중에 어른 되어서도 진짜 거지가 된다며 기술이라도 배워두면 사는 데 걱정 없으니 여기서 자동차 정비를 배워 보라는 것이었다. 자기가 정비 책임자니까 사장님한테 잘 이야기하겠다고 했다. 그 와중에도 나는 생각해 보겠다고 했다. 아저씨는 손을 들어 버스를 가리키며 저 차에 가서 자라고 했다. 의자에 누워 곰곰이 생각해 보았다. 해보고 싶은 생각도 들었지만 한편으론 내 몸으로 무거운 쇠붙이를 다룰 수 있을지 자신이 서지 않았다. 그렇다고 매일 얻어먹는 거지 생활을 할 수도 없고, 서울로 도로 올라가자니 그것도 냉큼 용기가 나지 않았다. 모기와 씨름하느라 깊은 잠을 잘 수가 없었다. 어렴풋이 잠이 깨고 있는데 아저씨가 올라와 따라오라는 것이었다. 모기 때문에 잠 못 잤을 테니 소파에서 눈 좀 붙이고 있으면 식사할 때 깨울 테니 걱정 말라고 했다.

　다 낡은 소파에 기대어 잠이 들었다. 한참 후 웅성거리는 소리에 잠이 깨어 일어섰다. 운전사와 정비기사, 안내양, 여러 사람들이 왔다 갔다 각자의 임무를 위해 분주하게 움직이고 있었다. 책임자 아저씨와 식당에서 식사를 하고 그분이 시키는 일을 해보았다. 자동차 부속 닦는 일과 심부름 등을 하며 시간을 보냈다. 아무리 생각해도 자신이 없었다. 화장실 가는 척하고 도망쳤다. 행선지도 모르는 버스를 타고 중심가에서 내렸다. 여기저기 구경하다 통금이 다 되어 어느 약국 문앞에서 한참 곤하게 자고 있는데 누가 발을 툭툭 치며 일어나라고 재촉했다. 방범대원이었다. 따라오라고 해서 간 곳은 파출소였다. 고향이 어디며 이름이 뭐냐고 물어 보았으나 거짓으로 알려주었다. 그분들도 나 같은 사람이 많아서인지 더 캐묻지도 않고 의자에 앉으라고 해놓고 몇 시간이 지나도 아무런 조치도 취하지 않았다. 배가 너무 고프니 밥 좀 먹게 해달라고 했더니 조금만 기다리면 밥 주는 곳으로 간다고 했다. '설마 파출소에서 거짓말은 안 하겠지' 라고 속으로 생각했다. 그 후로 서너 시간쯤 지났을까 따라오라고 해서 밖으로 나갔다. 차가 대기하고 있었다. 그 차를 타고 도착한 곳은 경찰서 같았다. 건물도 크고 나같이 붙들려 온 듯한 사람이 꽤 많았다. 여기저기서 모이다 보니 많아진 것 같았다. 십여 명씩 조를 나누어 앉아 있었다.

이번 담당은 여자 경찰이었다. 점심때가 훨씬 지났는데도 밥 줄 생각은 하지 않고 청소만 시킨다. 다른 한 사람과 나는 유리창 닦는 일을 맡았다. 너무 배가 고파 유리 닦을 힘도 없었다. 담당 여자 경찰에게 "밥 좀 먹게 해주면 안 되겠냐"고 사정했다. 유리 다 닦으면 식당 가서 설렁탕 먹을 것이니 기다리라고 했다. 눈앞에 설렁탕 뚝배기가 너울너울 춤을 추고 있었다. 여자 경찰이었기에 믿고 싶었다. 젖 먹던 힘까지 내어 열심히 닦았다. 유리는 다 닦았는데 여자 경찰도 보이지 않고 누구 하나 밥 먹으러 가자고 말하는 사람이 없었다. 저녁때가 다 되어서야 또 다른 경찰이 명단을 들고 이름을 부르며 모이라고 했다. 또 속았다고 생각하니 분하기도 했고 해운대에서 있었던 일이 머리를 스치자 후회되었다. 그러나 이제는 넘어서는 안 될 선을 이미 넘고 말았으니 방법이 없었다. 꾹 참고 가는 데까지 가보자고 굳게 마음을 다졌다.

트럭 뒤에 타고 얼마를 달려 도착한 곳은 고아원이었다. 두어 명 내려 놓고 또 달렸다. 고아원 간판이 또 보였다. 고아원으로 보내는 것 같아 차가 멈추기 직전 뛰어내려 사력을 다해 뛰었다. 그곳 지리를 모르는 나는 달리다 보니 막다른 골목으로 들어가고 말았다. 되돌아 나오는데 되돌아 나올 것을 알고 기다리고 있던 두 사람이 나의 팔을 뒤로 젖히고 뺨을 두어 대 때리며 허튼수작 부리면 죽는다고 위협했다. 다시 차에 타고 산을 돌고 돌아 얼마를 달려 도착한 곳은 산골짜기에 있는 고아원이었다. 간단히 이름 확인하고 그곳 담당자에게 인계되었다. 인솔자를 따라가면서 보니까 숙소마다 초등학생쯤으로 보이는 어린이들이 여름이다 보니 팬티 하나만 입고 있었는데, 마치 바닷가에 물개들이 일광욕 하느라 무질서하게 누워 있는 것과 흡사했다. 조금 더 내려가니 보초서는 사람들만 왔다 갔다 서성이고 조용했다. 숙소를 배정받았다. 너덧 사람이 잘 수 있는 아담한 구들장 방 같았다. 먼저 와 있던 세 사람과 나까지 넷이서 쓰게 된다고 했다. 옆 사람들에게 물어보니 그곳은 갱생원이라 했다. 사람들은 생기가 없고 환자 같은 느낌이 들었다.

절
망

날이 밝자 관리자가 찾아왔다. 나를 부르더니 '일하고 밥을 양껏 먹겠느냐, 아니면 놀고 적게 먹겠느냐'고 물어본다. 이틀을 굶은 사람에게 그 질문은 너무 잔인하다는 생각이 들었다. 하지만 어쩌겠는가? 꿈이 아닌 현실인 것을….

무슨 일인지는 모르지만 많이 먹겠다고 대답을 해놓고 생각해 보니 너무나 당연한 질문인 것 같았다. 일을 하면 밥을 먹는 것이고 안 하면 못 먹는 것이 당연한 이치가 아닌가. 아침식사 시간이었다. 일할 수 있는 사람 이십여 명이 두 줄로 서서 식당으로 향했다. 두 자 정도 넓이의 의자가 붙어있는 긴 식탁에 마주보고 앉았다. 깡보리밥이 머슴밥처럼 놓여 있었고 그 옆에 큰 수저와 함께 호박잎 된장국이 놓여 있었다. 관리자가 굵은 소금 그릇을 왼손에 들고 오른손에 든 수저로 닭 모이 주듯 소금을 식탁 중앙으로 뿌렸다. 마주 앉아 있던 이들은 소금을 한 알이라도 더 차지하려고 쟁탈전을 벌였다. 수저로 식탁 긁는 소리가 멈추고서야 식사가 시작되었다.

소금 쟁탈전을 벌여야 하는 이유를 국을 먹으면서 알 것 같았다. 국이 거의 맹물 수준인 데다 땀으로 배출된 염분을 보충하자면 소금이 필요했던 것이다. 식사를 마치고 작업장으로 갔다. 퇴비장에 산처럼 쌓여있는 보릿짚을 들것에 담아 밭에 옮기는 작업이었다. 오래된 사람들을 보니 양쪽 어깨에 낙타 혹처럼 굳은살이 부풀어 있었다. 그들은 시커멓게 그을린 피부에 깡마른 몸이었고 생기가 없었다. 퇴비장에서 밭에까지면 곳은 3~400미터쯤 되는 거리였다. 가는 길 중간쯤에 조그마한 언덕이 있는데 그곳에서만 잠시 쉬는 것이 허용되었다. 그 외에서 쉬다 발각되면 지휘봉 막대기로 등을 맞는데 맞은 자리는 벌겋게 부풀어 올랐다.

점심시간이 되어 식탁에 놓인 그릇을 보니 죽이었다. 아침처럼 소금 쟁탈전을 치르고 한술 떠서 먹어보았다. 옥수수가루죽이었는데 고운 것을 빼고 난 거친 입자이기 때문에 사각사각 소리가 들리는 듯했다. 그거라도 안 먹으면 견딜 수 없으니 먹을 수밖에 없었다. 오후 작업도 오전과 같았다. 작업은 관리자들의 퇴근 시간에 맞춰 끝났다. 저녁 식사는 수제비가 놓여있었다. 수제비 크기가 굵직굵직했다. 그중에서도 작은 것들은 먹을 만했다. 큰 것을 한입 물었더니 하얀 밀가루가 입술 위로 하얗게 날렸다. 반죽이 제대로 되지 않은 것이다. 그마저도 양을 채우지 못하는 사람들을 생각하면 감사하다는 생각이 들었다.

작업장을 오가며 살펴보니 골짜기 위편에는 고아원, 아래쪽은 갱생원인데 남자들 숙소에서 백여 미터 정도 거리에 여자들 숙소가 있었고 쉼터에서 오십여 미터 거리에 목욕소가 있었다. 직사각형 우물이 남자용과 여자용이 칸막이도 없이 십여 미터 거리를 두고 있었다. 일과시간의 목욕은 개인적으로는 허용이 안 되고 단체로 관리자의 인솔 하에 옷을 벗고 두 줄로 앉아서 체격이 가장 좋은 사람이 우물에서 두레박으로 물을 퍼 올려 앉아있는 사람들에게 쏟아 붓는다. 그러면 각자는 앞사람 등을 밀어준다. 그런 다음 뒤돌아서 앞사람 등을 밀어준다. 여자들도 같은 방법으로 하고 있었다.

식사는 여자들이 준비했고 시커멓고 커다란 솥에 보릿짚과 나무를 때서 밥을 했다. 보릿짚은 남자들이 날라다 주었다. 저녁 식사가 끝나면 드럼통을 반으로 자른 것을 숙소 문 앞에 청소하는 사람들이 갖다놓았다. 청소는 장애인들과 밥 적게 먹는 사람들이 하고 있었다. 드럼통이 야간 화장실이었다.

그곳은 아무런 희망이 없어 보였다. 탈출해야겠다는 생각이 머릿속을 채우고 있었다. 그때부터 탈출구를 찾기 시작했다. 일을 하면서 이곳저곳 길이 난 곳을 관찰하고 철조망 너머도 살피며 틈을 찾아보았지만 보이지 않았다. 철조망 멀리 수만 평쯤 되는 갈대밭이 보였고 갈대밭 사이사이로 수로 같은 것도 보였다. 갈대밭 너머 강인지 바다인지 큰물이 보였다. 그 물을 가로질러 기다란 다리도 보였고 여기저기 살피다 보니 숙소 뒤쪽으로 철조망 문이 하나 보였다. 야간의 동태를 살피기 위해 밤이 깊을 때를 기다렸다.

한참 후 슬그머니 일어나 화장실 가는 척 하고 조용히 방을 나와 발걸음을 옮겼다. 그런데 어떻게 알고 왔는지 누군가 등 뒤에서 어디 가느냐고 조용히 묻는 것이었다. 겁이 덜컥 나 뒤돌아보니 사십 정도로 보이는 사람이 나의 표정을 살피고 있었다. 한 손으로 아랫배를 문지르며 화장실이라고 했더니 문 앞에 드럼통 못 보았느냐고 다그치듯 물어보았다. 오늘 와서 몰랐다고 용서를 구했다. 다행이 처음이니 용서해준다면서 탈출에 대한 벌칙을 이야기해 주었다. 한 번 탈출하다 다시 붙들려 오면 거꾸로 매달아 몽둥이로 오십 대, 그다음엔 백 대를 맞는다고 했다. 잘 알겠다고 겁에 질린 목소리로 수고하라는 인사를 하고 숙소로 돌아왔다. 아무리 생각해도 탈출은 못할 것 같았다.

며칠이 지난 어느 날, 관리자가 불렀다. 화장실 가다 들킨 일 때문에 부르는 것일까, 은근히 겁이 났다. 따라오라고 해서 갔더니 이발소였다. 머리를 깎으라는 것이었다. 기계가 낡아서인지 따끔거리며 아픈 것이 머리카락 반은 뽑히는 느낌이었다. 이발이 끝나자 관리자가 나타나 따라오라고 하면서 퇴비장으로 향했다. 일하는 사람들을 모아놓고 나에게 지휘봉 막대기를 넘겨주며 앞으로 여러분을 감독할 사람이니 잘 따라주길 바란다는 말과 나에게는 농땡이 피면 그 막대기로 사정없이 때리라고 했다. 뒤 책임은 자기가 질테니 맘놓고 다스리라는 것이었다. 한편으론 으쓱한 기분도 들었지만 사람들이 내말을 들을 것 같지가 않았고 나도 매를 댈 자신이 없었다. 사람 한 번 때려보지 않은 내가 갑자기 사람을 매로 다스린다는 것이 용기가 나지 않았다. 이삼일이 지날 무렵 관리자가 집합시켰다. 능률이 안 나니 내가 맞아야 한다는 것이다. 그러면서 내게서 막대기를 빼앗아 나의 등을 내려치는 것이었다. 무척이나 아팠다. 내가 때리지 않으면 자기가 나를 지금처럼 때리겠다고 말하고는 휑하니 가버렸다. 맞은 자리가 욱신거려 손으로 만져보니 부풀어 올랐다. 누군가를 때리지 않으면 내가 맞아야 하는 것이 너무나 서글펐다. 눈물이 볼을 타고 흘러 내렸다.

오기와 슬픔으로 머리는 혼란스러웠다. 남아서 적응하며 살아야 할지, 아니면 죽기 살기로 탈출해야 할지 앞길이 보이지 않았다. 탈출은 불가능할 것 같았다. 철조망이 처져 있는 데다 24시간 보초 근무를 하고 있으니 틈이 보이지 않았다. 가출한 것이 후회스러웠다. 새로운 직책에 서서히 적응되어 갈 무렵 쉼터에서 웃음소리가 들려 가보았다. 목욕소에서 여자들이 목욕하고 있었는데 3~40대로 보이는 사람이 춤을 추고 있는 것을 보고 웃고 있는 것이었다. 목욕소까지는 약 오십 미터쯤의 거리였다. 흔히 볼 수 있는 모습은 아니지만 그렇게 억압된 생활 속에서도 생

리적 본능은 웃음을 나오게 하나 보다. 그들의 웃음이 멈추도록 다그쳐
야 하는 현실이 비참했다.

탈
출

갱생원 생활이 적응되어 갈 무렵 하루는 일과를 마친 후 관리자가 찾아왔다. 벤치에 앉아 앞으로의 일에 대해 설명해주었다. 성실하게 잘하고 있으면 좋은 자리에서 일할 수 있도록 해주겠다고 했다. 자기도 나와 같이 시작해서 이 자리까지 왔다면서 자기가 키워줄 테니 올해만 꾹 참고 열심히 해보라는 격려의 말을 해주었다. 왜 나를 도와주려 했는지는 알 수 없으나 고맙다는 인사를 했다. 내일부터는 간척지 사업장에서 일하게 된다는 것이었다. 그날은 여느 때와 달리 숙소 뒷마당으로 모였다.

그곳에 모인 사람들은 처음 보는 사람들이었고 모두가 정상인이었다.

나이도 비교적 젊은 층이고 사람들이 생기가 있어 보였다. 이백여 미터쯤 가니 민가가 몇 채 보였다. 목적지에 도착하니 자그마한 창고가 한 동 있고 그 옆으로 대충 만들어 놓은 아궁이에 시커멓게 그을린 솥이 하나 걸려있었다. 나지막한 제방 위로 길이 나 있었고 제방 너머에는 수로와 갈대밭이 펼쳐져 있었다. 간척지에는 연탄재와 각종 쓰레기가 뭉게뭉게 쌓여 있는 것이 공동묘지를 연상케 했다. 여러 종류의 풀들이 우거져 있었다. 부산 시내 쓰레기가 다 그곳으로 모이는 듯했다. 관리자가 창고 문을 열어주자 사람들은 우르르 들어가 낫을 들고 나왔다. 풀치기 작업이었는데 더운 날 그늘 없는 벌판에서 땀 흘리는 것을 제외하면 비교적 분위기가 자유스러웠다.

인솔자는 창고 옆 그늘진 곳의 낡은 의자에서 봄 병아리 졸듯 꾸벅꾸벅 졸고 있었고 일하는 사람 중에는 반장이 있어 통솔하고 있었다. 일주일 정도 지날 즈음 내가 있는 숙소에 새로운 사람이 들어왔다. 나하고 비슷한 키에 얼굴도 곱상해 보였고 서울말을 쓰는 사람이었다. 자기는 다른 숙소에서 지내다 오게 되었다고 했다. 나보다 먼저 와있던 사람이었다. 시간이 흐르자 서먹함도 없어지고 부드러워지자 서로에게 궁금한 점도 물어보게 되었다. 나보다 세 살 연상이니 형이라 부르겠다고 했다. 자기는 서울 사람이고 서울 어디에 있는 극장이 자기네 것이고 해병대에 자원했다가 훈련이 너무 힘들어 탈영해 부산에서 숨어 있다가 경찰서를 통해 이곳까지 왔다고 했다. 본명과 집 주소를 알면 감옥으로 갈 것 같아 거지 행세를 했다는 것이었다. 이튿날 그 형도 나와 같이 간척지 작업을 하게 되었다. 나는 간척지 작업을 할 때마다 속으로 탈출할 수 있을 것 같은 느낌을 받곤 했었다. 허허벌판이고 갈대와 수로가 있어 달리기만 잘하고 운만 따라 준다면 성공할 수 있을 것 같다는 생각이 머릿속을 떠나지 않고 있었다. 그러던 어느 날 그 형이 다가오더니 '너 탈출하지 않겠느냐'고 작은 소리로 물어 보는 것이 아닌가, 내 속마음을 알아보려고 하는 말 같기도 하고 진심인 것 같기도 하고 탈출이라는 말을 들으니 거짓말을 하는 사람처럼 심장이 뛰는 것을 느끼고 있었다.

나는 관심 없다는 듯 관리자가 열심히 하면 장래를 보장해 준다는 말을 했다고 했더니 자기한테도 똑같은 말을 했다며 믿을 수 없는 거짓일 것이라고 했다. 여하튼 나는 생각이 없으니 형이나 가든지 말든지 하라고 했지만 속으로는 같이 가고 싶었다. 다음 날이 되자 자기는 탈출하겠다고 했다. 그러니 아무에게도 말하지 말라고 했다. 이번에 성공하면 서울로 올라가겠다는 것이었다. 서울이라는 말에 내 마음도 서울로 향하고 있었다. 그의 표정이 매우 진지해 보였다. 오후가 되자 이번에는 혼자 가기가 두려웠는지 같이 가지 않겠냐고 했다. 그 말을 들으니 나도 마음이 흔들리기 시작했다. 생각해 보겠다고 했다.

일주일 정도 지났을까, 간척지로 가는데 관리자가 보이지 않는 것이었다. 작업장에 도착하자 반장이 사람들을 집합시키고 '오야지가 시내 볼일 보러 갔으니 멀리 가지 말고 적당히 하고 가자'는 것이었다. 사람들은 손뼉 치며 환호했다. 기회가 온 듯했다. 결심한 것도 아닌데 가슴은 이미 방망이질을 하고 있었다. 그 형이 슬그머니 다가왔다. 오늘 아니면 영원히 탈출하지 못하고 이곳에서 죽을지 모른다는 것이었다. 나도 같은 생각을 하고 있었다. "정말 갈 거야?" 하고 떨리는 목소리로 물어보았다.

우리는 어느새 공범이 되어가고 있었다. 다른 사람들 하고 최대한 멀리 떨어져 작업을 하다 그 형이 돌을 던지는 것을 신호로 도망치기로 약속하고 있는데 의자에 앉아있던 반장이 '저기 저 아줌마 내쫓아' 하며 소리를 쳤다. 그곳을 보니 아줌마 한 분이 머리에 광주리를 이고 작업장을 가로 질러 가고 있었다. 두 사람이 가서 아줌마 내쫓고 오라고 반장이 소리쳤다. 그러자 두 사람이 그쪽으로 뛰다시피 가고 있었다. 반장의 시선도 아줌마 쪽으로 향해 있었고 다른 사람과의 거리도 70여 미터 정도 벌어져 있었다. 우리는 낮은 자세로 큰 풀이 많은 곳으로 이동했다. 돌이 날라 왔다.

갈대밭을 향해 사력을 다해 뛰었다. 내가 앞에서 달리고 그 형이 뒤에서 따라왔다. 50여 미터쯤 달렸을까, '저놈들 잡아라.'고 여럿이 소리 지르며 쫓아오고 있었다. 꿈을 꾸고 있는 듯 발은 열심히 내딛는데 몸은 제자리에 서 있는 것 같았다. 쫓아오는 사람들의 숨소리가 들리는 듯했다. 더 달리다가는 잡힐 것 같아 제방 왼쪽으로 보이는 갈대밭으로 들어가 수로를 건너니 높고 낮은 제방과 수만 평의 갈대밭이 펼쳐져 있었다. 가장 낮은 자세로 제방을 넘고 넘어 갈대밭 중앙쯤에 머물러 숨을 죽이고 숨어있었다.

조금 있으니 높은 제방 위에서 나오면 용서해줄 테니 빨리 나오라는 소리가 멀리서 들렸다. 한참을 기다렸다가 고함소리도 안 들리고 궁금하여 살피고 오겠다며 갈대를 꺾어 위장을 하고 제방 가까이 올라 살펴보니 그들은 포기했는지 저 멀리 작업장으로 향하고 있었다. 퇴근 시간 전에 영내로 돌아가야 했기에 우리를 더 이상 쫓지 못했을 것이다. 해는 서산 가까이서 점점 붉게 물 들으며 탈출의 성공을 축하하는 듯했다. 지옥 같은 시간이 지나고 긴장이 풀리자 몸 여기저기서 통증이 오기 시작했다. 뚝방에 앉아 몸을 살펴보니 옷은 여기저기 찢어져 너풀거렸고 맨발에 발바닥은 갈대 끝에 찔려 상처 투성이었다. 심한 통증과 함께 허기가 몰려왔다. 절룩거리며 얼마를 걸으니 길옆 수로에 배가 한 척 보였다.

가까이 가서 보니 아저씨와 아주머니 그리고 열대여섯쯤 보이는 소녀가 타고 있었다. 가족인 듯했다. 우리의 모습을 본 소녀는 무서웠는지 자기 아버지 뒤쪽으로 몸을 숨겼다. 사정을 대충 이야기하며 실과 바늘을 빌려 달라고 했더니 아주머니는 자기가 꿰매 주겠다며 바늘과 실을 찾으며 뭣 하러 집 나와 고생을 하느냐며 안타까워하는 표정이었다. 바지를 손보고 있는 아주머니와 이런저런 이야기를 하고 있는데 소녀가 미숫가루를 타서 갖고 왔다. 미숫가루 그릇을 받아 드니 경찰서 생각이 나며 목이 메었다. 너풀거리는 것만 몇 바늘 얽어매듯 꿰매고 은혜를 잊지 않겠다는 인사를 남기고 절룩거리며 시내 쪽으로 향했다. 시내에 도착하니 날이 어두워졌다. 발이 아파 더 이상 걸을 수 없어서 고물상에 찾아가 고무신 한 켤레를 얻어 신고 중심가로 갔다. 한밤중이었다. 여기저기 안전할 만한 곳을 찾아다녔다. 영업을 끝낸 상점 옆에 자리를 잡고 작은 목소리로 앞으로의 일을 이야기했다. 내가 날이 밝으면 서울로 올라가자고 했더니 돈이 없으니 돈을 마련해서 가자는 것이었다. 지금부터는 자기가 하자는 대로 하면 된다는 것이었다. 부산이 싫어졌고 무서웠다. 다시 붙잡힐까 봐 불안한 마음으로 잠을 청했다.

긴장 속에 날이 밝았다. 그 형을 따라 어딘가를 가니 사람들이 길게 줄을 서서 차례를 기다리고 있었다. 뭐 하는 곳이냐고 물었더니 피를 뽑아 파는 곳이라고 했다. 은근히 겁이 났다. 얼마를 기다렸을까, 시간이 다되었다고 문을 닫아 버리는 것이었다. 늦게 와서 차례가 되지 않았던 것이다.

버스를 타고 몇 정거장 가서 내린 곳은 시장 입구였다. 자갈치 시장이라 했다. 온통 경상도 사투리로 시장이 떠들썩했다. 다리가 보였는데 영도 다리라 했다. 다리 위까지는 오르막이어서 손 구루마와 리어카들이 콩나물 등 물품을 싣고 오르는데 뒤에서 밀어주면 리어카 크기는 10원, 손 구루마는 20원을 주었다. 몇 차례 밀어주고 번 돈으로 시장에서 팥죽을 사먹는데 팥죽 안에 새알을 하나라도 더 먹으려고 숟가락 싸움을 했다. 식사를 끝내고 서울로 올라가자고 했더니 형은 내일 피 팔아서 가자고 했다. 나는 더 이상 부산에 머물고 싶은 생각이 없었다. 나는 오늘 서울로 올라간다는 말을 건네고 우리는 헤어졌다.

부산역에서는 무임승차를 할 수가 없어서 버스를 타고 구포역으로 향했다. 돈이 없으니 무임승차를 해야 하는데 열차는 버스와 달리 인정이 통할 수가 없었다. 철조망을 넘거나 구멍으로 들어가야 한다. 왔다 갔다 살피고 있는데 한쪽에 구멍이 하나 보였다. 체구가 큰 사람이 만들었는지 나 정도는 넉넉히 통과할 수 있는 크기였다. 구멍에 눈도장을 찍고 대합실 의자에 누워 시간을 보내고 있는데 누가 의자를 툭툭 치는 것이었다. 불안한 생각이 들어 휑하니 밖으로 나가 구포다리 근처 뚝방에서 오가는 사람들을 보며 시간을 보내다 보니 배가 고팠다. 역 앞 식당에 들어가 먹다 남은 것이라도 좋으니 조금만 도와달라고 사정했더니 아주머니 한 분이 누룽지를 한 장 주면서 '오늘은 손님보다 그지가 많네!' 하는 것이었다. 또 눈물샘이 넘쳤다.

철조망 구멍을 무사히 통과하여 완행열차를 타고 서울까지 오는데 열차는 만원이었고 검표를 두 번 했다. 첫 검사는 다행히 통과했는데 두 번째 검사에서 무임승차로 걸려 맨 뒷 칸으로 인도되었다. 한참을 있었는데도 아무소식이 없어서 슬그머니 나와 보았다. 그래도 말리는 사람이 없어서 사람들 사이를 비집고 다른 칸으로 갔다.

종점이 용산역이었는데 나가는 것이 문제였다. 철조망을 넘는 것 외엔 다른 방법이 없어 보였다. 사람들이 출구로 밀려 나갈 때를 기다려 철조망을 넘어 정신없이 달리면서 뒤돌아보니 쫓아오는 사람이 없었다. 모퉁이를 돌아 달리다 물웅덩이를 밟았다. 흙탕물이 튀어 지나가던 사람 옷에 튀었나 보다. 아저씨 한 분이 욕이란 욕설은 다 뱉어내며 쳐다보고 있었다. 시간이 허락하지 않았는지 쫓아오진 않았다. 버스 정류장에서 버스를 타고 그 버스가 출발하고서야 탈출의 성공을 확신할 수 있었다.

3

결혼 생활

나
는

불
효
자
였
네

어머니를 일찍 떠나보내고 몇
년 동안 홀로 계시던 아버지께서 새엄마를 맞이하셨다. 그분은 서울에
서 연로하신 친정어머니를 모시고 노점상을 하고 있던 분이라 했다. 새
엄마가 오니 집안이 정돈되면서 평화가 찾아왔다. 몇 년은 별문제 없이
지냈다. 그러던 어느 날 외할머니께서 노환으로 돌아가셨다. 그리고 또
몇 년 후 새엄마는 자궁암 진단을 받고 우리 집에서 원자력병원을 오가
며 치료를 하고 있었다. 마지막 방사선 치료를 받고 얼마쯤 되었을까, 새
엄마는 아버지께서 이웃동네에 볼일 보러 간 사이 집안에 돈이 될 만한
곡식과 그동안 모아 두었던 돈까지 가지고 종적을 감추었다. 나름대로

친엄마처럼 생각했는데 무엇이 불만이었을까. 배신감이 느껴졌다. 넉넉지 않은 환경에서 앞날을 보장할 수 없다고 판단한 것은 아닌지….

　삶의 의욕을 잃은 아버지는 고향을 떠나 대전 변두리에서 혼자 사셨다. 그곳엔 고향사람 몇 분이 살고 있었고 바로 옆 동네에 막내 여동생이 살고 있어 조금은 안심이 되었다. 노동일밖에 할 수 없는 아버지는 일거리가 있는 곳이면 전국 어디든 가리지 않고 다니셨다.

　나는 사업을 시작한 지 얼마 안 되어 어렵게 보내고 있는데 막내 여동생한테 연락이 왔다. 아버지께서 사고를 당해 병원에 계신다고 했다. 병원에 가보니 아버지는 중환자실에 계셨다. 동생의 말에 의하면 아버지께서 월급을 받아 포장마차에서 막걸리 한잔하시고 집으로 가던 중 젊은 사람이 아버지를 넘어뜨리고 돈 봉투를 빼앗아 달아났다는 것이다. 그때 넘어지며 오른쪽 머리를 담벼락에 부딪쳐 뇌의 일부 기능을 잃었다는 것이다. 그 병원에서 일 년 가까이 치료를 했다. 상처는 치료되었지만 뇌의 기능은 살리지 못하고 동생네 집으로 퇴원했다. 얼마 동안은 괜찮은 듯싶었는데 시간이 지나면서 치매로 발전했다. 기억이 왔다 갔다 하면서 집을 나서면 찾아오지 못할 때가 있다고 한다. 막내 여동생이 일 년 정도 아버지를 모셨다. 더 이상 동생 내외를 힘들게 해서는 안 되겠다는 생각에 아내를 설득했다. 고맙게도 아내는 큰 불만 없이 아버지를 모셨다. 그때 우리는 방 두 칸이 있는 옥탑에서 살고 있었다.

다행히 아버지를 모시면서 영업이 잘 되어 세 칸짜리 방으로 이사를 할 수 있었다. 아버지는 틈만 나면 밖으로 나가셨다. 가까운 곳에서는 찾아오시는데 모퉁이만 돌아서면 길을 잃었다. 마음이 아프지만 일터로 갈 때는 아버지를 집안에 두고 밖에서 문을 잠그고 다닐 수밖에 없었다. 그리고 혹시 몰라 전화번호를 새긴 은목걸이를 목에 걸어드렸다.

그러던 어느 일요일이었다. 아내와 나는 텔레비전을 보며 휴식을 취하고 있는데 "엄마! 할아버지 안 보여." 하는 딸의 다급한 목소리가 들렸다. 잠깐 방심한 사이에 아버지께서 나가신 것이다. 온 동네를 찾고 또 찾았지만 아버지는 보이지 않았다. 할 수 없이 파출소에 신고하고 집에서 기다렸다. 이튿날 불안한 마음을 안고 일터로 갔다. 점심때가 지나도록 아무런 소식이 없었다. 초조하게 시간을 보내고 있는데 전화벨이 울렸다. 신길동 어느 양복점에서 아버지를 모셔가라는 전화였다. 은목걸이의 효과가 있었다. 감사하기도 하고 죄스럽기도 하여 목울대가 뻐근했다. 아버지를 모셔오기 위해 양복점을 찾아갔다. 아버지는 담배꽁초가 반쯤 담겨있는 비닐봉지를 품에 안고 소파에서 비스듬히 앉아 주무시고 있었다. 시커멓게 얼룩진 얼굴에 수척해진 모습을 똑바로 보기가 민망했다. 순간 이러다간 길에서 돌아가시겠다는 생각이 불쑥 들었다. 극구 사양하는 주인에게 사례를 하고 아버지와 함께 택시에 올랐다.

세월이 흐를수록 아버지의 기력은 점점 약해졌다. 어영부영하다 남의 집이나 길에서 아버지를 보내드릴 것 같아 불안했다. 그래서 서둘러 집을 보러 다녔다. 한 달 후 빚을 조금 내어 마당이 있고 목련나무가 있는 2층집을 샀다. 아버지는 거실에 앉아서 목련나무를 한참씩 바라보며 시간을 보내곤 했다. 이사한 지 일 년 반쯤 되자 아버지는 당신 스스로 아무것도 할 수 없을 정도로 중증 환자가 되었다. 나는 더욱 바빠졌다. 아침에 식사를 챙기고 기저귀를 갈아드린 후 출근하여 점심때 다시 집으로 가서 점심을 챙겨 드렸다. 그리고 다시 일터로 가서 오후 일을 마무리하고 퇴근했다. 저녁 식사는 아내가 먼저 퇴근하여 차려 드리지만 청소와 기저귀 가는 것은 내가 할 수밖에 없었다. 그래도 내 집에 계신다는 그 자체로 조금의 행복은 느낄 수 있었다.

일 년의 시간이 더 흐른 오월의 어느 날, 공장에서 하루 일을 마무리하고 있는데 전화벨이 울렸다. 습관처럼 수화기를 귀에 대는 순간 "아버님 돌아가셨어" 하는 아내의 겁에 질린 목소리가 고막을 때렸다. 삶이 무엇이기에 아버지의 임종마저도 지켜드리지 못 하게 하는가. 신을 원망하며 서둘러 집으로 향했다. 아내는 전화기를 끌어안고 여기저기 아버지의 운명 소식을 전하고 있었다. 아버지의 얼굴은 평온해 보였지만 눈은 감지 않으셨다. 할 말을 전하지 못 한 눈빛 같다는 생각이 들었다. 나의 불효를 서운하게 생각하시는 듯해서 차마 울지도 못했다.

대
필

어릴 적 우리 집은 초가삼간이
었는데도 드나드는 사람이 많았다. 길갓집인 데다 사립문을 항상 열어
놓고 살다 보니 애 어른 할 것 없이 들락거렸다. 동네의 소식은 우리 집
을 통해 들어오고 나갈 때가 많았다. 또한 아버지께서는 동네로 배달되
는 편지의 반 정도는 읽어주며 드물게는 써 주기도 하셨다. 당시만 해도
한글과 한자를 같이 쓰다 보니 한자를 모르는 사람은 우리 집으로 갖고
와 아버지께 읽고 해석해 주기를 부탁했다. 기쁜 소식을 전하는 내용을
읽을 때의 아버지 목소리는 점점 커졌고 친정이나 친척 누군가 위독하
다거나 부고의 내용을 읽을 때는 목소리가 가라앉아 듣고 있는 사람까

지 우울하게 했다.

　1972년 군생활 마지막 일 년을 의정부에 있는 수락산 근처 부대에서 근무했다. 자연스럽게 산에 자주 오르며 휴식을 취하곤 했다. 그때는 주 5일제 근무가 아니었고 시외버스를 이용하던 시절이었다. 수락산은 서울에서 가깝다 보니 일요일이면 찾는 사람들이 많았다.

　봄날의 어느 일요일이었다. 외출증을 발급받아 같이 근무하는 김 상병과 천천히 수락산으로 향했다. 산 중간쯤 오르다 보니 아가씨 둘이 앉아있는 곳이 보였다. 입담 좋은 김 상병이 그쪽으로 다가가 옆에다 신문지를 펴며 대화를 시작했다. 사복 차림이었지만 단발머리가 고등학생이라는 것을 짐작하게 했다. 옆에 있던 나와 또 다른 학생은 관심 없는 척하면서도 힐끔힐끔 서로의 얼굴을 살피고 있었다. 이런저런 이야기를 나누다 김 상병이 연락처를 교환하자고 제안하자 학생들은 서로 사인을 주고받으며 고개를 끄덕였다. 김 상병은 수첩을 꺼내 두 장을 떼어 반으로 찢어 시험지 건네듯 한 장씩 나누어 주었다. 각자 연락처를 적어 교환했다. 나에게 주소를 건넨 학생의 이름은 끝 자가 숙이었다. 말수가 적고 얼굴 면적이 넓어 화장품이 헤플 것 같은 생각이 들었다. 연락처를 교환하자마자 부끄러웠는지 가야 할 시간이라며 학생들은 자리에서 일어섰다. 김 상병은 "굿바이 씨유 래러(Good bye, see you later.)" 하고 카투사임을 은근히 자랑하며 손을 흔들었다. 나는 주소를 건넨 학생에게 다가가 "편지할게요" 하자 "네" 하고 짧게 대답했다.

 편지를 쓰기 위해 분홍색 편지지를 샀다. 미지의 벗에게, 숙에게, 어떤 표현이 맞을지 한참 생각하다 미지의 벗에게로 정했다. 첫줄에 '안녕하세요' 다섯 글자를 써놓고 볼펜은 더 이상 움직일 줄 몰랐다. 다음 날 다시 볼펜을 종이 위에 올려놓았지만 여전히 안녕하세요만 입에서 맴돌 뿐 다음 문구가 떠오르지 않았다. 답답하고 울적한 마음이 가슴속 가득했다. 편지지를 갈가리 찢어 쓰레기통에 넣고 있는데 문득 고향 친구가 떠올랐다. 그는 어느 대학 문예창작과 3학년을 다니다 나보다 몇 개월 늦게 입대했는데 운 좋게 같은 영내에서 근무하고 있었다. 일과를 마치고 분홍색 편지지를 들고 친구를 찾아갔다. 사실을 이야기하며 편지 좀 써달라고 부탁했다. 다음 날 친구는 의기양양한 표정을 지으며 편지를 써왔다. 분홍색 종이 위에 쓰여 진 편지를 보니 기쁨보다는 스스로 편지한 장 못 쓴다는 서글픔이 마음을 무겁게 했다. 우울한 마음으로 우체통에 넣고 기다렸다. 열흘 정도 지나자 답장이 왔다. 비록 다른 사람이 써준 글이지만 처음으로 이성에게 편지를 받으니 대필의 부끄러움은 잠시 사라지고 가슴은 설렘으로 채워지고 있었다. 그 후 친구의 손을 빌려 두어 번 편지를 주고받았다. 계속 남의 손을 빌려 편지를 주고받을 수 없다는 자존심과의 싸움으로 머릿속은 혼돈 속으로 빠져들고 있었다. 아쉬움은 있지만 그쯤에서 끝내기로 마음먹고 근무지가 바뀌게 된다는 편지를 마지막으로 연락을 끊었다.

글쓰기가 점점 어렵다는 것을 깨닫는다. 썼다 지우기를 십수 번, 단어 하나를 쓰다 지우고 눈을 감는다. 무엇에 대해 쓸 것인가에 부딪혀 한 자도 써보지 못하고 생각하다 잠이 든다. 얼마를 잤을까 다시 눈을 뜨고 펜을 잡는다. 하지만 펜은 종이에 뿌리라도 내릴 듯 좀처럼 움직일 줄 모른다. 가물거리는 생각을 찾아내어 종이 위에 옮겨 놓아야 한다. 이제는 나 대신 대필해 줄 사람도 없다.

그 옛날 아버지의 편지 읽는 소리와 동네 사람들의 울고 웃는 모습이 기억 저편에서 어지럽게 나타났다 사라진다. 편지를 써 주었던 친구는 핑크빛 편지지를 흔들며 웃고 있다. 문예창작 공부를 한 친구는 회사에서 숫자와 싸우고 있고 대필의 부끄러움을 떨쳐버리기 위해 씨름하던 나는 작가가 되어 글자와 싸우고 있다.

뒷
모
습

40대 초반, 종로에서 세공 공장
을 시작했다. 운이 맞았는지 노력이 하늘에 닿았는지 총판 매장까지 하
게 되었다. 나는 공장에서 생산하고 아내는 매장에서 판매를 했다. 언제
부턴가 매장 일이 바빠 종업원을 쓰기 위해 모집광고를 냈다. 세 사람이
응모했다. 두 사람은 다른 총판에서 몇 년의 경험을 쌓은 사람들이었고
나머지 한 사람은 K라는 아가씨였다.

그 아가씨는 시골에서 여상을 졸업하고 올라온 사회 초년생이었다.
수수한 옷차림에 작달막한 키, 그리고 화장기 하나 없는 가무잡잡한 얼
굴이 순수해 보였다. 아내도 어릴 적 자신을 보는 것 같아 낯설게 느껴지

지 않는다고 했다. 월급 많은 경험자보다 한 푼이라도 절약할 수 있는 초보자를 쓰는 것이 좋다고 하여 K라는 아가씨를 채용하기로 했다. 웃음과 말수가 적어 무뚝뚝해 보이는 인상을 주기는 해도 최선을 다하며 배우는 모습이 마음에 들었다. 육 개월쯤 지나자 하는 일에 자신감이 생겼는지 입가에 엷은 미소를 보이기도 했다. 나도 처음 세공기술을 배울 때 금이나 보석을 만지며 신기해했던 것처럼 그녀도 진열장 안에 있는 제품들을 가끔씩 손가락에 끼워보며 요리조리 들여다보고 웃음 짓곤 했다.

바쁜 시간 속에 미스K를 만난 지 5년이 흘렀을 때였다. 어느 날 공장이 일찍 끝나 아내와 같이 퇴근하기 위해 매장으로 갔다. 아내와 아가씨는 그날 판매한 것과 수금한 것이 맞는지 장부정리와 재고 파악하느라 분주했다. 한참 계산기와 씨름하던 아내가 결제용으로 받은 순금(5돈) 반지가 안 보인다고 혼잣말을 하고 있었고, 아가씨는 바닥이며 진열장 여기저기를 들여다보며 찾고 있었다. 아내는 쓰레기통도 찾아보라고 했다. 아가씨는 묵묵히 쓰레기통으로 발걸음을 옮기고 있었다. 신경은 쓰였지만 별일 있으랴 싶어 밖에 나가 담배를 피우고 들어갔다. 두 사람의 표정이 굳어 있었다.

내가 신문지를 펴놓고 쓰레기를 쏟아 종이와 비닐봉지를 하나하나 확인하다 보니 반지가 들어있는 비닐봉지가 손에 잡혔다. 그 봉지를 들어 보이자 '아까 미스K가 찾아보았는데 어떻게 된 거야' 하며 아내는 미스K를 쳐다보고 있었다. 그녀는 기어들어가는 목소리로 아까는 없었는데 이상하다며 눈길을 돌렸다. 따가운 시선을 느꼈는지 들릴 듯 말 듯한 소리로 '자기 생각엔 일을 빨리 끝내려는 마음이 앞서다 보니 그 봉지를 무의식 중에 버린 것 같다'고 했다. 그 말을 듣고 있던 아내가 만지기만 하면 감각이 올 텐데 믿어지지 않는다고 내가 할 말을 대신하고 있었다. 그녀는 더 이상 그 자리에 있기가 힘들었는지 벌겋게 달아오른 얼굴로 약속이 있어 먼저 퇴근하겠다며 사라졌다.

이튿날 그녀는 출근하지 않았다. 말 한마디 없이 출근하지 않은 것은 자신의 행동이라고 인정하게 되는 것인데 무엇이 그녀를 그렇게 내몰았는지…. 한편으론 진즉 그녀를 살피지 못한 것에 대한 자책감도 들었다. 나와 함께 일을 하고 있으면 가족으로 생각했어야 했는데 말이다.

반지에 발이 있는 것도 아니고 날개도 없는데 어떻게 그것이 쓰레기통에 있었는지, 또한 미스 K가 찾을 때는 나오지 않고 내 손에만 잡혔을까, 솔직한 대화를 나누어 사실을 밝히고 새로운 마음으로 다시 시작하고 싶었다. 5년 동안 잘 해오지 않았는가. 아내의 말에 의하면 몇 달 전에도 미스용 반지가 없어졌다고 한다. 그때는 손버릇 나쁜 중상인의 소행이라 생각하고 그녀에게 알리지 않았다고 한다. 그래도 솔직한 대화를 나누어 누구의 잘못인지 모르지만 용서하고 화해할 수 있으면 좋겠다고 생각했다.

그 사건이 머리에서 사라진 지 한참 되었다. 일을 마치고 공장 직원들과 포장마차에 들러 가로수 밑에 자리를 잡았다. 우리와 대각선 방향에 미스K가 Y라는 중상인과 소주잔을 앞에 놓고 마주앉아 있는 것이 보였다. 반가움과 서운함이 교차하며 그때의 일이 떠올랐다. 그때 무 자르듯 그만두지 않고 한번만이라도 대화를 나누었다면 우리는 헤어지지 않고 문제를 해결할 수 있었을지도 모른다. 그동안 성실하게 일한 것을 알고 있었기에.

그런데 바람둥이로 소문난 Y라는 사람과 마주앉아 있다니⋯. 2년 전에는 고객과 판매원의 관계였는데 단둘이 술잔을 나눌 수밖에 없는 절박한 일이라도 생긴 것인지 안타까웠다. 그들도 내가 앉아있는 것을 보았는지 몇 번 힐끔거리더니 자리에서 일어나 포장마차를 나갔다. 한발 한발 멀어져가는 그들의 뒷모습을 보니 그리다 만 한 폭의 그림을 보는 것 같아 마음이 아렸다.

분석

60년대 후반 명동에서 귀금속 기술을 배우고 있을 때였다. 마땅히 거처할 곳이 없어 공장에서 숙식을 해결하고 있었다. 그 시절 시골에서 올라온 청소년들은 대부분 공장에서 숙식을 제공받아 기술을 배우며 미래를 꿈꿨다. 주인 입장에서도 사람의 신분만 확실하면 환영하는 편이었다. 공장에서 자는 사람이 있으면 자동으로 공장도 지켜주고 관리도 되다 보니 서로에게 도움이 되었다.

금반지나 목걸이 등을 만드는 과정에서 사람의 눈에는 보이지 않게

금이 손실된다. 손실되는 금은 공장 바닥이나 쓰레기 등에 스며들어 쌓인다. 그렇게 스며든 금속을 화공 약품으로 처리해서 금이나 백금, 은 등을 산출해 내는 것을 분석이라고 한다.

분석하는 사람들은 귀금속 공장 사장들과 친분을 쌓으려고 여러 방법으로 노력한다. 그들이 그렇게 노력하는 것은 공장에서 나오는 온갖 쓰레기에서 금이 나오기 때문이다. 심지어는 기술자들의 세숫물을 받아가 분석할 정도였다. 공장을 운영하는 입장에서도 분석업자를 멀리할 수 없는 것이, 세공업자들은 분석 기술이나 장비가 없기 때문에 그 사람들을 이용하지 않고는 금을 회수할 수 없기 때문이다. 당시의 공장 바닥에는 어느 공장이나 금가루가 덜 손실되게 하기위하여 바닥에 두꺼운 일본식 다다미를 깔고 작업했다. 작업하는 과정에서 보이지 않게 손실되는 것들이 다다미에 스며들기 때문이다. 그것을 6개월에 한 번씩 분석하면 스며들었던 금을 90퍼센트 이상 회수할 수 있다. 세공 공장을 운영하는 입장에서는 분석하는 사람들의 손을 빌릴 수밖에 없고 그들은 공장에서 나오는 쓰레기에서 먹이를 찾게 된다. 개미와 진딧물의 관계인 셈이다.

여름이 끝날 무렵 하루의 작업이 마무리 되어 가는데 분석 사장이 찾아와 우리 사장님과 이야기를 하고 있었다. 이야기가 끝나자 나에게 다가오더니 쓰레기를 버리지 말고 잘 모아 달라고 하면서 쓰레기통을 내

옆에 놓고 갔다. 기술자들이 모두 퇴근한 후 두고 간 쓰레기통에 담기 위해 뚜껑을 열어보니 그 속에 과자 한 봉지와 양말 한 켤레가 담겨 있었다. 과자와 양말을 보니 기분이 나쁘진 않았다. 쓰레기통의 과자와 양말이 '금이 나오는 양에 따라 우리도 더 많이 올 수 있다'고 속삭이고 있는 듯했다. 양말을 신어 보기 위해 발에 갖다 대니 발보다 양말이 더 품위 있어 보였다.

그날 밤 옆 공장에서 또래 친구들과 어울려 저녁 때 있었던 이야기를 했더니 그들은 이미 그렇게 하고 있었고 어떻게 하면 더 많이 받을 수 있는지 그 방법까지 알려 주었다. 쓰레기를 반만 담아주면 지금보다 많아진다는 것이다. 마음이 약해 그렇게까지 하지는 못했다. 추석이 다가오자 그 사람은 과자봉지와 양말 두 켤레를 주면서 명절 잘 보내라고 인사를 하고 갔다. 쓰레기에서 얼마만큼의 금이 나오는지 모르지만 나는 과자 값을 만들어 주기 위해 정성껏 쓰레기를 모아 주었다.

사십 대 초 종로에서 공장을 시작했다. 분석하는 사람들이 자기의 분석기술을 자랑하며 광고 스티커를 돌리고 다녔다. 세월의 흐름에 따라 모든 것이 변하듯 세공업이나 분석업도 육십 년대에 비해 작업 환경이 많이 변했다. 신형 기계들이 등장했고 따라서 옛날보다는 좋은 환경에서 작업할 수 있었다. 능률 또한 많이 향상되었다.

60년대만 해도 분석업자들의 작업환경이 열악하여 화공약품 때문에 몸이 많이 상하는 편이었다. 하지만 분석에 대한 정보가 어두웠던 시대라 분석업자 대부분은 물질적 풍요는 누리며 살았다. 나와 거래를 한 사람도 독립하여 돈을 많이 벌었다고 은근히 자랑하곤 했다. 분석을 오래한 사람 중 절반 정도는 얼굴에 기미가 끼어 세계 지도가 그려져 있었고 짙은 갈색을 띠고 있었다. 뿐만 아니라 한낮의 뙤약볕에 시들은 호박잎처럼 생기가 없어 보였다. 분석업자는 물론 세공업자들도 화공약품 때문이라고 믿고 있었다. 세공하는 사람들보다 분석하는 사람들은 초산이며 왕수 같은 독한 약품에 더 많이 노출되어 작업을 하다 보니 그렇게 된 듯했다.

사람의 삶이 대부분 그러하듯, 얻는 것이 있으면 잃는 것도 있는 것 같다. 나와 거래한 사람은 다른 사람보다 조금 더 심하게 나타났다. 병원엘 다녀도 치료가 안 된다고 했다. 어느 날인가 모습을 감추더니 일 년 정도의 세월이 흐른 후 활기 띤 모습으로 다시 나타났다. 사연이 궁금하여 물어보았더니 일본 와세다 대학병원에서 일 억에 가까운 돈을 들여 치료했다고 했다. 병명은 중금속 중독이라 했다. 많은 돈을 들였지만 전보다 활기찬 모습을 보니 불행 중 다행이라는 생각이 들었다. 그 사람을 보면서 돈보다 건강이 우선이라는 교훈을 다시 한 번 깨달았다.

금 먼지가 들어있는 쓰레기도 눈으로 보아서는 일반 쓰레기와 다름없이 지저분하다. 그렇다고 금 쓰레기라고 표시 나는 것도 아니다. 하지만 분석이라는 과정을 거치면 순도 높은 노란 금이 되어 돌아온다. 그 금을 보면서 사람도 분석하여 나쁜 마음이나 생각을 뽑아내고 좋은 생각만 남게 하면 좋겠다는 어린아이 같은 생각을 해보았다.

연꽃은 흙탕물에 살면서도 물들지 않고 아름다운 빛깔로 자기 존재를 알린다고 한다. 쓰레기 속의 금도 분석을 통하여 영원히 변치 않는 귀한 존재로 다시 태어난다. 어떠한 신분이든 그 사람의 본질이 있지 않을까. 나를 분석하면 어떤 사람으로 분석될까 궁금하다. 연꽃이나 금 같은 사람으로 거듭나고 싶다.

빙
어
회

　　　　　　　　몇 해 전 설을 보내고 무료하게
시간을 보내고 있는데 전화벨이 울렸다. 아내가 주방에서 달려갔다. 우
리 집 전화는 항상 아내가 받는다. 받는 표정과 몇 마디 대화를 들어보니
손아래 처제인 것 같았다. 아내는 그 처제의 전화를 받으면 이산가족을
만난 것처럼 반가워해서 금방 알아차릴 수 있다. 특별한 일 없으면 동해
안으로 바람 쐬러 가자는데, 가겠냐고 하며 손바닥으로 전화기를 틀어
막고 물었다. 빈둥빈둥 시간만 축내고 있느니 다녀오는 것도 괜찮다 싶
어 시간을 정하라고 했다. 잠시 수다를 떨던 아내는 우리 집에서 출발하
는 것으로 정했다며 수화기를 내려놓았다.

그 처제는 아내와 친자매가 아니고 아내의 막내 작은아버지께서 전사하는 바람에 사정이 여의치 않아 장모님이 거두어 키웠다고 했다. 나이가 두 살밖에 차이가 나지 않기 때문에 한 이불 속에서 자랐다고 한다. 그래서인지 두 사람은 결혼 후에도 친자매처럼 정을 나누며 지낸다.

약속대로 동서네가 우리 집으로 왔다. 차 두 대를 움직이면 불편하고 재미없다고 하여 우리차로 움직이기로 했다. 동서가 운전석에 앉았다. 몇 시간을 달려 인제에 도착했다. 음식점마다 빙어 메뉴로 도배하다시피 했다. 그중 주차장이 넓은 곳에 들어가 빙어 튀김과 회를 주문했다. 얼마 후 튀김이 나오고 물이 담긴 넓은 사기 대접에 살아있는 빙어를 넣어 초고추장과 함께 가지고 왔다. 대접 안에는 새끼손가락만 한 빙어들이 고물고물 힘없이 헤엄치고 있었다. 나는 손질이 된 빙어가 접시 위에서 식욕을 자극할 것으로 상상했는데 대접 안에서 힘없이 헤엄치는 빙어들을 내려다보니 먹고 싶다기보다 불쌍하다는 생각이 들었다.

대접 안의 빙어들을 멍하니 바라보고 있던 동서가 '이거 어떻게 먹어요?' 하니 주인인 듯한 아주머니는 '빙어회 처음인가 보네요' 하며 먹는 방법을 알려주었다. 쇠젓가락은 집을 때 빙어가 팔딱거리면 미끄러져 놓치기 쉬우니 나무젓가락을 사용하는 것이 편하다고 했다. 빙어를 집었으면 초고추장을 찍어 통째로 먹으면 된다고 싱겁게 한마디 남기고 다른 테이블로 향했다. 손으로는 많이 잡아 보았지만 입으로 잡아야 한다는 것이 꺼림칙했다. 가르쳐 준 대로 나무젓가락을 들어 헤엄치는 빙어를 집으니 연약한 빙어는 저항도 제대로 하지 못하고 젓가락 사이로 들어왔다. 맥없이 꿈틀거리는 빙어를 보니 마치 살려달라고 애원하는 것 같아 애처롭게 보였다. 초고추장에 찍어 입안으로 밀어 넣었다. 빙어는 입안에서 마지막 남은 에너지를 쏟으며 꿈틀거렸다. 감촉은 불쾌했지만 뱉어낼 수 없어 재빨리 목구멍으로 넘겼다. 상상했던 회 맛은 느낄 수 없었고 입안에는 초고추장의 신맛만 가득히 남아 있었다. 한 마리 더 먹어 볼까 하다 조금 전 나무젓가락 사이에서 꿈틀거리던 빙어의 모습이 떠올라 더 이상 먹고 싶지 않았다. 동서도 한 번 먹어 보더니 못 먹겠다고 젓가락을 튀김으로 옮겼다. 대접에 남아있는 빙어는 튀김으로 바꾸어 먹었다. 튀김으로 입가심은 했지만 그래도 입안에서 꿈틀대는 빙어의 기억은 사라지지 않고 속초에 도착할 때까지 나를 괴롭혔다. 속초에 도착하니 어둑어둑했다. 숙소를 정하고 빙어회의 참맛을 못 느낀 동서가 진짜 회를 먹으러 가자며 앞장서 횟집으로 향했다.

　이튿날 동해안 고속도로로 차를 몰았다. 한참을 달려 울진에 도착했다. 아침 겸 점심을 먹고 계속 동서에게 운전대를 맡기기 미안하여 운전석에 앉았다. 영주를 거쳐 단양에서 중앙 고속도로로 진입하기 위해 영주 쪽으로 방향을 잡았다. 얼마를 달려 불영계곡 입구에 도착했다. 도로에 쌓인 눈의 반은 살짝 남았고 반은 녹아 아스팔트가 까맣게 드러나 있었다. 다니는 차들이 보이지 않아 도로는 적막감마저 들었다. 모퉁이를 돌아서니 낡은 트럭 한 대가 조심스럽게 가고 있었다. 너무 천천히 달려 뒤따라가기가 답답해 속력을 내어 추월했다. 그리고 백여 미터쯤 달렸을까, 잠깐 차가 흔들리는 느낌이 드는가 싶더니 제멋대로 굴러가 수로에 처박혔다. 마치 다른 누군가가 내 몸에 들어와 내 의지와 상관없이 차를 몰고 있는 느낌이었다. 순간 젓가락 사이에서 꿈틀대던 빙어의 모습이 아른거려 갈길 먼 나를 불안하게 했다.

정신 나간 사람처럼 멍하니 있는데 "당신 미쳤어!" 하는 아내의 흥분된 목소리와 함께 "차가 왜 이래" 하는 동서부부의 합창소리가 들렸다. 벼락 맞았다 깨어난 사람처럼 비틀거리며 밖으로 나가 차를 살폈다. 엔진 덮개가 하늘을 향해 찌그러든 모습이 코뿔소를 연상케 했고 앞바퀴하나가 수로에 빠져 있었다. 민가 없는 계곡이다 보니 연장 구할 때가 없어 막막했다. 동서는 여기저기서 돌을 주어다 빠져있는 바퀴 밑에 고이고 나오려 했으나 실패했다. 몇 개의 돌을 더 주어다 고인 끝에 가까스로 빠져나올 수 있었다. 동서는 내가 못 미더웠는지 운전석에서 나오지 않고 내가 타기를 기다리고 있었다.

그대로 떠나기가 마음 내키지 않아 나무젓가락의 빙어를 생각하며 작은 돌탑을 쌓았다.

수선공 아주머니

내가 자주 다니는 길목에는 버스 정류장 하나를 두고 구두 수선소 두 군데가 있다. 한 곳에는 남자가, 다른 한 곳엔 아주머니가 일하고 있다.

지난해 초여름, 마트에 갔다가 마음에 드는 샌들이 있어 한 켤레 샀다. 그런데 몇 번 신고 다니다 보니 뒤꿈치를 받쳐주는 끈이 늘어나 헐렁거려 신발장에 넣어두었다.

여름이 되어 샌들을 꺼내는 순간 수선해야겠다는 생각이 들었다. 샌들을 신고 수선하기 위해 먼저 찾아간 곳은 50대 중반으로 보이는 남자가 하는 곳이었다. 샌들을 벗어 보여주며 '수선을 할 수 있느냐'고 물었더니 재료가 없어 구해야 한다는 것이다. 맞춤형 재료가 없고 커다란 것을 사다 잘라서 하려면 재료비만도 오천 원은 들어가는데 수리까지 하려면 비용이 맞지 않을 것 같으니 그냥 신든지 다시 하나 사는 것이 좋겠다고 한다. 그 말 속에는 '수선비를 말해주면 당신은 수선을 맡기지 않을 것이다'라는 표정이 담겨 있었다. 4만 원 넘게 주고 산 건데 수선비용이 얼마나 되기에 다시 사라고 하는지 궁금했다. 다른 곳에서 수리하려면 대강이라도 알고 가는 것이 좋겠다 싶어서 '만약 수선하게 된다면 수선비는 얼마나 되겠냐'고 조심스럽게 물었더니 '나는 수선을 할 수가 없으니 다른 곳에 가서 알아보라'고 한마디 내뱉고는 자리에 앉아 무시하는 표정을 지으며 신문을 뒤적이고 있었다.

머쓱해 돌아서면서 나 자신도 알 수 없는 방언(?)을 중얼거리며 다음 수선집을 향해 발걸음을 옮겼다. 도착한 곳은 60대쯤으로 보이는 자그마한 체구의 여인이었다. 조심스레 수선실을 들여다보니 작업할 때 쓰는 헝겊으로 무릎을 덮고 의자에 쪼그리고 앉아 열심히 구두를 손보고 있었다. 좁다란 의자가 어서 오라고 방그레 웃으며 주인 대신 인사를 하는 듯했다. "수고하십니다" 하고 인사를 하니 "네!" 하고 고개를 들며 "어떤 일로 오셨어요?" 하고는 하던 일을 계속했다.

잠시 그녀의 일하는 손을 보니 갑자기 어렸을 적 어머니가 바느질하던 모습이 떠올랐다. 변변한 옷 한 벌 없이 자식들이 입다 해져서 안 입던 옷을 호롱불 밑에서 당신이 입기 위해 바느질하시던 생각을 하니 목젖이 뻐근해졌다. 밖으로 나와 마음을 진정시키고 다시 수선실로 들어갔다. 아주머니가 인기척을 느꼈는지 내 얼굴을 쳐다보았다. '샌들을 수선하려 하는데 할 수 있느냐'고 하면서 샌들을 벗어들고 설명을 해주었다. 아주머니는 샌들을 요리조리 들여다보며 속으로 견적을 내는 듯했다. 고개를 갸우뚱거리며 사천 원은 받아야 한다며 다시 건네주었다. 그 말을 듣는 순간 저쪽에 있는 수선공 남자가 생각났다. 미루어 짐작해보면 최하 만 원은 '받아야겠다'라고 생각하지 않았을까 싶다. 재료비 5천 원에 공임 5천 원만 합해도 만 원이라는 계산이 나오기 때문이다. 이윤을 따져 일하려 했던 그 남자와 묘한 대조를 이루고 있었다. 샌들을 받으며 아주머니의 손을 보니 손가락 끝부분에 굳은살이 생기고 손마디가 굵어져 하는 일이 얼마나 거친 일인가를 말해주고 있었다. "얼마나 걸릴까요?"하고 물으니 두 시간 후에 오라고 했다. 샌들을 맡기고 아주머니가 주는 반환용 슬리퍼를 신고 집으로 오면서 먼저 들렀던 수선실의 그가 궁금하여 곁눈으로 쳐다보니 여전히 신문만 들여다보고 있었다.

혹시 몰라 약속한 시각보다 삼십 분 정도 더 기다렸다가 찾으러 갔다. 아주머니는 샌들을 내놓으며 친절한 목소리로 잘 맞는지 신어 보라고 했다. 신어보니 잘 맞는 건 물론 표시 안 나게 수리가 잘 되어 있었다. 만족스러운 얼굴로 수선을 잘 해주어 고맙다고 인사를 건네자 손님이 맘에 들어 하니 다행이라며 따스한 미소를 지어보였다. 오천 원짜리를 건네자 거스름돈을 거슬러 주었다. 거스름돈 천 원을 고마움의 표시로 되돌려줄까 잠깐 생각했지만, 기껏 천 원으로 생색내는 것 같고 그녀의 생각이 어떨지 몰라 그만두었다.

나는 그곳을 일주일에 서너 번은 지나다닌다. 그런데 일 년 동안을 오가며 보아도 아주머니는 쉬고 있거나 일이 없어 빈둥거리는 모습을 한 번도 본 적이 없다. 크든 작든 수선공 아주머니가 끊임없이 일 하는 걸 보면 일거리조차도 성실한 사람을 향해 걷는 것 같다.

아내와 인디언

　　　　　　　　무슨 일이든지 시작할 때는 다소의 설렘과 기대 속에 열정을 다하게 된다. 하지만 막상 일을 끝내고 보면 기대했던 만큼의 결과를 얻기란 쉽지 않은 게 사실이다. 낚시 또한 크게 다를 바 없어 실망을 안고 돌아오는 것이 대부분이다. 성격상 낚시터를 만들어 돈을 받고 운영하는 곳은 피하는 편이다 보니 더욱 빈손으로 돌아오는 경우가 많다. 그래도 일상에서 벗어나 나만의 시간을 가질 수 있다는 매력 때문에 낚시 취미를 쉽게 버릴 수 없다.

　5월 초, 올해 들어 처음 낚시를 즐기기 위해 월척의 꿈을 안고 집을 나섰다. 출근 시간과 맞물려 정체되는 곳이 많았다. 넓디넓은 연록의 카펫과 길게 이어지는 수로의 시원함을 생각하니 그 정도의 불편은 견딜만했다. 즐겨 찾던 낚시터에 도착하니 듬성듬성 앉아있는 꾼들의 모습에서 주중임을 실감할 수 있었다. 자리 선택도 마음대로 할 수 있어서 편했다. 잘 닦여진 곳에 자리를 잡고 준비하고 있는데 좌우 수초에서 고기들이 사람이 있는데도 부끄러움 따위는 아랑곳하지 않고 철퍼덕거리며 사랑의 희열을 즐기고 있었다. 먼저 집어용 어분으로 고기를 유인하며 두어 시간 했을까, 붕어 서너 마리 올라오더니 입질이 뜸해졌다.

운동도 할 겸 10여 미터 거리에 있는 옆 사람에게 다가가 살림망을 들여다보니 나보다는 몇 마리 더 많았다. 이런저런 이야기를 나누며 지루함을 달래다 돌아와 다시 낚시를 시작했다. 권태를 느낄 무렵 낚싯대 두 대에 거의 동시에 입질이 왔다. 챔질을 하니 저항이 만만치 않았다. 낚싯줄에서 씽씽 소리가 나며 쉽게 끌려나오지 않았다. 내 가슴도 고기의 가슴만큼이나 뛰고 있었다. 이리저리 한참 동안 힘겨루기 한 끝에 끌어낸 한 마리는 37cm 크기의 잉어였고 나머지는 33cm 가량 되는 월척 붕어였다. 낚시를 시작한 후 대낚시로 월척을 잡은 것은 이번이 처음이었다. 한참 동안 흥분이 가시지 않았다. 잉어는 괜찮은데 붕어들은 모두가 배옆에 상처가 나있어 피가 보였다. 산란의 상처였다. 상처 난 붕어를 보니 문득 연어가 떠올랐다.

가을에 종족 번식을 위해 머나먼 바닷길을 쉬지 않고 고향을 찾아 산란을 마치고 생을 마감하는 연어를 생각하니 살림망에 있는 붕어들이 가엽게 느껴졌다. 지금이 붕어에겐 얼마나 중요한 시기인가. 이렇게 중요한 때에 내 욕심을 채우기 위해 붕어를 잡는다고 생각하니 붕어 보기가 부끄러웠다.

잡은 고기를 다 놓아주고 갈까 하는 생각에 젖어 있는데 전화기 소리가 적막을 깼다. 아내의 전화번호가 찍혀 있었다. 자랑을 할까 아니면 한마리도 못 잡았다고 거짓말을 할까 생각하며 전화기를 귀에다 바짝 갖다 대니 '많이 잡았어?' 하는 아내의 목소리가 들렸다. 나지막한 목소리로 "월척을 잡긴 했는데…." 하고 말끝을 흐리는데 전화기를 통해 터질듯한 소리로 '축하 축하!' 하는 동시에 구경하고 싶으니 그만하고 빨리 갖고 오라는 것이었다. 알았다고 힘없이 대답하며 길게 이어진 수로를 바라보고 있노라니 얼마 전 읽었던 책이 생각났다.

『내 영혼이 따뜻했던 날들』이라는 책이었는데 내용은 인디언 소년이 부모를 잃고 조부모와 살면서 할아버지로부터 자연의 소중함을 배우며 평화와 행복을 느낀다는 내용이었다. 그 속에는 물고기를 잡되 많이 잡아 저장하지 말고 먹을 만큼만 잡을 것과 산란철에는 절대로 잡아서는 안 된다는 내용도 들어 있었다. 다른 동물들도 짝짓기 시기에는 사냥을 해서는 안 된다는 것도 가르치고 있었다.

외손자 둘을 두고 있는 나는 무엇을 가르쳤나 되돌아보았다. 그 책의 내용을 떠올리니 어망을 바라보기가 민망스러웠다. 월척 구경을 하기 위해 20년을 따라다닌 아내와 책 속의 인디언 할아버지가 내 머릿속에서 힘겨루기를 하고 있었다.

한참이 지났는데도 낚싯대의 찌는 움직일 생각을 않는다. 언젠가 낚시터에서 들었던 '잉어 잡힌 데서는 붕어가 나오지 않는다'라는 말이 생각났다. 확인해보진 않았지만 왠지 모르게 그 말을 믿고 싶었다. 십여 년 전에도 잉어 두 마리를 잡고 철수한 기억이 있어서 그런가 보다. 낚시를 끝내려고 마음의 준비를 하고 있는데 옆 사람은 일어서서 고기와의 한판 승부 겨루기를 하고 있었다. 쉽게 끌려 나오지 않는 것을 보니 큰 고기인 듯했다. 그 모습을 보고 있는 내 손에는 왜 힘이 들어가는 걸까. 한참 힘겨루기를 하다 보니 힘이 다했는지 물고기는 허옇게 수면 위로 모습을 드러냈다. 뭍으로 들어내어 재어보니 42cm 붕어였다. 어망 속의 고기를 들여다보는 그 사람의 얼굴엔 함박꽃이 활짝 피었고 나의 얼굴에는 아까 장미라고 피워 놨던 꽃이 시들어가고 있었다. 내가 잡은 것보다 무려 십여 센티나 더 큰 붕어였다. 그 사람도 금년엔 처음 잡는 월척 붕어라고 했다. 불과 한 시간 전만 해도 다시는 산란철 낚시를 하지 않겠다고 마음을 다지고 있었는데 옆 사람의 42cm 월척을 보자 또 다른 나의 마음이 나를 약하게 했다. 사람의 욕심이란 끝이 없나 보다. 나는 언제나 인디언 할아버지 근처에 갈 수 있을지. 스스로에게 혀를 차며 주섬주섬 낚시도구를 챙겨 아내가 있는 집으로 향했다. 아무래도 오늘은 인디언 할아버지보다 아내의 힘이 센 것 같다.

아
내
의

자
리

       딸을 낳아 키우며 둘째를 기다렸다. 팔자에 없는 둘째를 기다렸는지 신은 보내주지 않았다. 아쉬웠지만 감사하며 외동딸로 받아들였다. 자식 복이 여기까지라 생각하고 최선을 다해 키우기로 했다. 먹고 사는 데 매달리다 보니 딸아이 보살피는 것을 소홀히 할 때가 많았다. 그런데도 딸은 큰 탈 없이 학업을 마쳤으니 고마웠다. 학교를 졸업하고 사회생활 몇 년 하더니 결혼하겠다고 사윗감을 소개했다. 그리고 일 년 후 결혼했다. 아들이 없어서일까 아들 하나 공짜로 얻은 기분이었다.

딸이 결혼해서 십여 년의 세월 속에 열 살과 일곱 살의 아들 둘을 두었다. 큰애는 학교 갔다 오면 대여섯 개의 학원을 왔다 갔다 하느라 정신이 없고 작은애는 어린이집에 맡겼다 데려오고 해야 한다. 밖에 나가 여기저기 뛰어다니며 놀고 싶을 텐데 심통 안 부리고 다니는 것이 대견스러웠다. 맞벌이하는 딸네를 생각하면 도와줄 손길이 필요한데 시댁에서는 하는 사업이 있기에 손자들을 돌보기가 어려운 형편이라고 한다. 그래서 몸은 서울에 있고 마음은 수원에 살고 있던 아내가 귀여운 외손자도 볼 겸 서울에서 수원으로 몇 번의 환승을 하며 딸 부부의 일손을 돕고 있었다. 어쩌다 '힘들지 않느냐'고 물으면 외손자 노는 모습을 보고 있으니 괜찮다고 한다. 노는 모습만 보고 온다면 피곤해도 참을 수 있겠지만 청소에 빨래며 식사준비까지, 젊은 나이도 아니고 벅찬 일이라는 것쯤은 알고 있다.

딸 하나인 친정엄마는 싱크대 밑에서 죽고, 둘 있는 엄마는 길에서 죽고, 셋 있는 엄마는 비행기에서 죽는다는 말이 요즘의 세태를 이야기하는 것 같아 아내에게 들려주었다. 아내는 '그렇다고 눈에 보이는 것을 어떻게 모른 척하고 살 수 있느냐'고 반문한다. 친손자가 없다 보니 외손자가 더 사랑스럽게 느껴지는지도 모른다. 아내는 외손자를 봄으로써 대리만족을 느끼고 있다는 생각이 들었다.

한 해가 저물어 갈 무렵, 내린 눈이 녹았다 얼기를 반복하는 날씨가 이어지고 있었다. 어느 날 아내가 딸네 가고 없어 홀로 식탁에 앉아 점심식사를 하는데 아내한테서 전화가 왔다. 빨리 와서 자기 좀 데려가라는 것이었다. 무슨 일이냐고 물으니 작은손자를 어린이집에 데려다주기 위해 빙판길을 가다 넘어져 깁스를 했다고 한다. 걱정을 안고 수원으로 향했다. 목발과 함께 근심 가득한 아내를 태우고 돌아왔다.

아내의 몸이 불편하다 보니 딸네 집은 물론 나의 일과까지 변화가 왔다. 마음대로 움직일 수 없는 아내는 거의 모든 것을 나에게 의지하다시피 했다. 어쩌다 동작에 장애를 느껴 마음의 변화가 생기기라도 하는 날은 몸종 부리듯 하여 나까지 우울하게 했다. 아내가 아무리 깊게 생각하여 일을 시킨다 해도 몸으로 움직이는 나는 매번 만족스럽게 도와줄 수는 없었다. 더구나 아내의 급한 성격에 맞추다 보니 말씨름을 피하기 어려웠다.

어느 날 화분에 물을 주고 있었다. 언제부터 보고 있었는지 큰소리로 저쪽 나무는 더 많이 줘야 한다며 목발을 치켜들어 가리키고 있었다. 하고 싶은 말을 한마디 하면 말싸움이 될 것 같아 "네"하고 대답했다. 속으로는 '발이 완치될 때까지 참아야 한다'며 자신을 달래고 있었다. 며칠마다 시장 보는 것도 곤혹스러웠다. 아내가 정해 놓은 단골 가게를 찾아다니며, 축축 늘어진 검은 봉지를 들고 다닐 때는 홀아비가 된 기분이었다. 주방에서 할 수 있는 일이라고는 라면 끓이는 것밖에 없다 보니 식사준비 할 때마다 잔소리 아닌 잔소리를 들어야 했다.

어느 날 국을 끓이기 위해 커다란 무를 썰다 손가락을 베어 피가 비쳤다. 밴드를 찾으려고 큰방 작은방을 왔다 갔다 하고 있었다. 그사이 냄비에서 끓고 있던 물이 넘쳐 아내의 눈치를 살펴야 했다. 소파에서 그 모습을 보고 있던 아내는 "앓느니 죽지" 하며 목발을 짚고 주방으로 향했다. 무어라 한마디 하고 싶었지만 끝내 그 소리는 목구멍을 넘지 못했다. 아내의 자리는 생각보다 바쁘고 높았다.

어느 여름날의 외출

볼일을 보기 위해 집을 나섰다.

유월 하순, 예년 같으면 장마가 시작되었을 텐데 벌써 2년째 장마 소식
은 없고 불쾌지수만 높아 가고 있다. 7호선을 타고 건대역에서 내려 2호
선으로 갈아타기 위해 에스컬레이터에 올랐다. 그곳은 높이가 꽤 높아
한참 올라간다. 중간쯤 올라갔을 때 반대편 내려오는 곳을 무심코 바라
보다 보지 않아도 될 것을 보고 말았다. 젊은 남녀가 몸을 밀착시키고 더
위와 주위 사람들은 아랑곳하지 않고 키스에 몰두하고 있었다. 옆줄로
내려가던 중년의 한 남성이 헛기침을 하며 내려간다. 그 모습을 보는 내
얼굴은 왜 달아오르는지….

전동차가 왕십리역에 도착했다. 환승역이라 많은 사람이 내리고 탔다. 맞은편 자리에도 사람들이 바뀌었다. 나이든 여인들이 앉았던 자리에 대학생으로 보이는 아가씨 둘이 앉아 있다. 한 사람은 초미니스커트 또 한 사람은 핫팬츠, 시선을 어디에 두어야 할지 몰라 광고판을 본다.

50여 년 전 모 여가수가 미니스커트를 우리나라에 최초로 선보였다는 보도를 어느 잡지에서 읽은 기억이 있다. 그리고 그녀가 가끔 명동에 나타나면 처음 보는 짧은 치마를 보기 위해 모여든 사람들이 길을 메울 때가 있었다고 한다. 그 당시 나는 명동에서 일하고 있었다. 어느 날 그녀가 나타난 것을 옆 공장에서 일하던 친구가 보고 헐레벌떡 달려와 친구와 함께 그녀의 꽁무니를 따라다녔던 기억이 새롭다. 앞에 앉아 있는 아가씨들의 치마 길이를 머릿속에서 재본다. 세월은 치마의 길이도 밀어 올리는가 보다.

한때는 치마 길이 단속할 때도 있었는데, 머릿속이 정리되지 않는다. 앉아 있기 불편하여 일어나 노약자석으로 갔다. 마침 빈 자리가 있어 태연스럽게 앉았다. 그리고 맞은 편을 보는데 이번에도 맞은 편이 문제로 다가온다. 내 나이와 엇비슷해 보이는 사람이 나를 뚫어지게 바라본다. 또 자리를 잘못 앉은 모양이다. 그 사람이 보기에 내가 그 자리에 앉기에는 아직 젊어 보인다는 표정 같았다. 속 시원히 주민등록증을 보여 주고 그 사람의 시선을 잠재우고 싶은 생각이 들었다.

지난 연말쯤 술이 거나한 사람이 노약자석에 앉으며 '나도 이 자리에 앉을 자격 있어, 육십이니까'라고 중얼거리던 모습이 떠올랐다. 취중에 하는 행동일 것이다. '지금 그 사람이 그 자리에 있다면 나에겐 조금이나마 위안이 되겠다'라는 생각을 하고 있는데 스피커에서 다음이 광화문역이라는 안내방송이 나온다. 자리에서 일어나 출입구 쪽으로 다가갔다. 뒤통수가 간질거려 그 사람을 보니 여전히 나를 쳐다보고 있다. 에어컨 가동은 잘 되고 있었지만 내 마음의 땀은 식지 않고 나를 괴롭히고 있었다.

몇 년 전 우리가 사는 아파트단지 앞에 재개발이 추진되다 중단되는 바람에 몇몇 상가와 단독 주택 몇 채가 비어있다. 그중 한 곳은 골목 안쪽에 있어서 일부 청소년들의 호기심을 풀어주는 놀이터로 변했다. 나는 가끔 그 골목을 오가며 그들이 술을 마시고 담배 피우는 것을 목격하곤 한다. 그 길이 지름길이다 보니 자주 이용하게 된다. 그날도 골목을 지나오는데 중고등학생으로 보이는 여학생 셋이서 담배를 피우고 있었다. 그 앞을 지나며 어려서 어른들한테 들었던 '애들이 담배 피우면 뼈 삭는다'는 말을 하고 싶었지만 셋이서 무어라 한마디씩 하며 공격하면 감당할 수 없을 것 같아 뒤통수만 긁어 댔다.

담배 연기를 마시며 몇 발짝 걸어오는데 열아홉 살에 처음 입에 물었던 금관이라는 담배가 떠올랐다. 담뱃갑에 금관 사진이 있는 파르스름한 금관 담배는 박하 성분이 있어 연기가 입안에 들어오면 입안이 시원해 여자들 담배라고 소문이 나기도 했다. 나는 그때 시작한 담배를 40여년 피우다 기관지확장증이라는 병을 얻고 담배를 끊었다. 내가 그들에게 말할 자격은 있는 것인지…. 심란했던 하루의 뿌연 연기가 가슴 그득하다.

어
르
신
카
드

얼마 전 서울시에서 발급해준 어르신카드를 처음 사용해보니 갑자기 늙은이가 된 기분이다. 어색함은 물론 남의 카드를 빌려 쓰는 느낌이다. 어르신카드가 익숙하지 않아 사용할 때마다 고맙다는 생각과 함께 미안함을 느끼는 것이 사실이다. 국가에서 복지 차원으로 발급해주긴 했지만 예산이 넉넉지 않다는 뉴스를 접할 때면 그 카드를 사용하는 한 사람으로서 걱정스러운 마음이 드는 것은 나만의 감정일까. 전철역을 이용할 때마다 카드를 들고 개찰구를 나갈 때면 나도 모르게 역무원을 바라보게 된다. 아마도 무임 카드이기 때문에 미안한 마음이 무의식적으로 드는가 보다.

아내와 인디언

언젠가 K대학교에 볼일이 있어 갔다 오는 길에 전철역 개찰구에 카드를 찍고 들어가는데 어깨띠를 두른 역무원이 검색기를 들고 앞을 가로막으며 신분증을 보여 달라고 한다. 왜 그러냐고 했더니 내가 사용한 카드는 '만65세 이상 노인들만 사용해야 하는데 본인이 맞는지 확인하기 위해서'란다. 신분증을 보여주며 "부정하게 사용하는 사람이 있나 보죠?" 하고 물었더니 '그런 사람이 있으니까 우리가 이렇게 수고하고 있지 않느냐'고 했다. 카드와 내 얼굴을 번갈아 보며 아리송하다는 표정으로 조금은 퉁명스럽게 말했다. 그 사람은 나를 몇 살쯤으로 보고 이런 행동을 하는지 궁금했다. 죄지은 것도 아닌데 왜 그런 불친절을 받아야 하느냐고 따지고도 싶었지만 시간만 낭비할 것 같아 그만두었다.

전동차에 앉아 생각해 보았다. 그 역무원이 고의로 한 것이 아니고 천성이 그렇다면 성급하게 판단하려 했던 나 자신이 부끄러워 얼굴이 달아올랐다. 바쁠 때 검열을 당하면 마음이 편치 않음은 물론 같이 가는 사람이 있기라도 하면 그들은 나를 기다리느라 이유 없이 시간을 빼앗기는 손해를 보게 된다는 생각 때문이었다. 아는 사람 대부분은 젊게 보여 겪는 것이니 기분은 좋지 않으냐는 말들을 한다. 그런 것 같다. 처음 인사를 주고받는 자리에서 '동안'과 '젊게 보인다'는 말을 들으면 사실로 착각하여 보잘것없는 가슴을 은근히 펴 보이기도 했었다.

그 후 너덧 달쯤 지났을까, 염려했던 것이 현실로 다가왔다. 조카의 결혼을 축하하기 위해 집을 나섰으나 게으름을 피우다 시간이 넉넉하지 않아 바쁜 걸음으로 전철역에 도착해 카드를 찍고 급하게 나가는데 검색을 당했다. 몹시 당황스러웠다. 아내가 뒤따르며 한마디 했다. "꼭 바쁠 때 일이 생기더라" 화끈거리는 얼굴로 걸음을 재촉하여 예식장에 도착하니 주례사를 하고 있었다. 예식이 끝나 지인들과 식사하는 자리에서 그 이야기를 했더니 그중 한 사람이 자연으로 돌아가면 된다고 한다. 무슨 말인지 모르겠다는 표정으로 앉아 있으니까 머리 염색 지우고 콧수염만 길러도 칠십은 통할 수 있을 거란다. 칠십이란 소리를 들으니 갑자기 늙은이가 된 기분이었다. 옆에 있던 아내가 "뭘 그렇게 고민을 해. 행복으로 알고 살면 될 것을." 틀린 말은 아니지만 나는 알고 있다. 외형은 동안으로 보일지 모르지만 생체의 나이는 실제 나이와 같이 가고 있다는 것을….

일흔 살의 내 모습이 궁금하여 콧수염 기르고 염색도 하지 않기로 했다. 한 달이 넘어서자 하루에 한 살씩 먹는 느낌이었다. 거울 앞에 서서 나의 변해가는 모습을 보고 있노라면 아내가 다가와 위엄 있게 보이기는커녕 노숙자 같으니 옛날로 돌아가라고 성화였다.

얼마 전 모임에서였다. 내 모습을 본 참석자들의 말로 한바탕 웃음바

다가 되었다. '엄숙해 보인다. 삼류 배우 같다. 도망자 같다' 우습기도 하고 부끄럽기도 했다. 그래도 몇 사람은 그런대로 어울린다고 응원을 해주니 고맙기도 했지만 아내의 뜻을 받아들이기로 했다. 그 일이 있은 후 전철역 개찰구에서 역무원을 보면 움찔하게 된다. 카드를 볼 때마다 어르신이라는 글씨가 크게 보이는 것은 아직 어른 대우를 받을 만한 준비가 덜 되었음을 말해주고 있는 것은 아닌지.

자
전
거

언
덕
길

5월까지만 해도 일주일에 한 번 이상 등산을 하며 건강을 챙겼다. 그 후 이런저런 이유로 게으름을 피우다 보니 석 달이 넘도록 산에 한 번 오르지 못했다. 의지박약의 한계를 드러낼 것이 뻔하지만 그래도 이대로 있다가는 그나마 몇 근 안 되는 몸이 다 사그라지겠다는 불안한 생각에 나이와 어울리는 중고 자전거를 한 대 샀다. 자전거도 잘 다루지 못하면서 새것을 타고 다니면 새 자전거의 눈치가 더 부담스러울 것 같아서였다.

새벽에 자전거를 타고 집을 나섰다. 자전거 길은 깨끗하게 포장되어

새벽바람과 함께 더없이 시원했다. 원래 자전거를 잘 다루지 못하는 데다 오랜만에 타다 보니 훔쳐 타는 자전거처럼 낯설었다. 공원에 도착하니 많은 사람들이 구령에 맞춰 맨손체조를 하고 있고 보행로에는 달리는 사람들과 걷는 사람들로 붐볐다. 자전거 도로에 들어서니 쌩쌩, 혹은 천천히 각양각색의 사람들이 뒤섞여 강바람을 맞으며 달리고 있었다. 그들 틈에 끼어 속도를 내보지만 어림없는 일이었다. 많은 사람들에게 추월당하다 보니 나는 항상 꼴찌다. 젊은 사람들이지만 여자들에게 추월당할 땐 남자의 자존심이 송두리째 무너져 내리는 것 같아 서글퍼지기도 했다. 세월 앞에 장사 없다지만 그 말을 받아들이기가 왜 그렇게 힘이 드는지….

집으로 돌아올 때 햇볕을 등지기 위해 동쪽으로 향했다. 백여 미터쯤 달려 작은 오르막길에 도착했다. 다른 사람들은 단숨에 오르는데 나는 엉덩이를 들고 힘을 써야 겨우 오를 수 있었다. 그리고 약 2km쯤 달린 후에 백여 미터 길이의 길고 높은 언덕에 도착했다. 반쯤 올랐을까, 숨이 차고 다리에 힘이 빠져 더 이상 오를 수가 없었다. 잠시 쉬었다 자전거를 밀고 올라가는데 옆에서 힘차게 추월하며 올라가는 사람들을 보니 부럽다 못해 우러러 보이기까지 했다. 정해 놓은 목적지까지 대여섯 개의 언덕 중 가장 힘든 언덕이었다.

작심삼일이 되지 않게 자신을 채찍하며 오르내린 지도 한 달 반이 넘었다. 여느 때와 같이 길고 힘든 언덕에 도착해 엉덩이를 들고 한발 한 발 페달을 밟으며 사업을 처음 시작해 어려웠던 시기를 생각하며 넘어 질 듯 비틀거리며 정상을 향해 나아갔다. 그리고 잠시 후 거친 숨을 몰아 쉬며 정상에 도착했다. 나무 밑의 벤치에 앉아 한 달 전 시작할 때를 생 각하며 다리를 만져 보았다. 다리 근육이 조금은 단단해진 것 같은 느낌 이 들었다. 집에 돌아와 아내에게 오늘은 중간에서 내리지 않고 정상까 지 올랐다며 다리 근육 좀 만져 보라고 했더니 "그거 한번 올랐다고 새 다리가 타조 다리 되느냐"고 했다. "몇 달 후에 타조 다리를 만들 테니 그 때는 꼭 한번 만져보라"고 하며 졸지에 새 다리가 된 다리를 어루만졌다.

88올림픽이 끝나고 새로 시작한 사업이 이런저런 어려움에서 헤어날 기미가 보이지 않을 때였다. 운영 자금이 바닥나 월급을 미루기 시작했 다. 제때 월급을 받지 못하자 한 사람 한 사람 떠나갔다. 사업을 시작한 지 일 년도 안 되어 문을 닫아야 할 정도로 어려웠다. 혼자의 몸이라면 차라리 노숙자의 생활이 더 편할 것 같았다. 하지만 나를 도와준 사람들 과 가족을 생각하여 문을 닫을 수는 없었다. 여기저기서 빚을 내어 다시 시작했다. 몇 안 되는 직원들을 퇴근시키고 혼자 남아 야근을 밥 먹듯 하 는 고생을 견뎠다. 6개월쯤 되자 서서히 성과가 나기 시작했다. 그리고 삼 년 후, 잃었던 모든 것을 되찾고 사업을 정상에 올리는 데 성공했다.

어떻게 보면 사람이 사는 것도 자전거로 언덕길을 오르내리는 것과 같다는 생각이 든다. 그때 열심히 준비하고 노력한 덕에 오늘의 내가 있지 않을까. 남은 인생 여정에 이제는 큰 고갯길 말고 작은 언덕만 있었으면 하는 욕심을 가져보며 강변의 자전거 언덕길을 떠올린다.

　　　　　　　　　　　　　　　　라면으로 아침을 해결하고 아내
와 함께 택시를 탔다. 시원하게 뚫린 강변 북로를 달릴 때쯤이었다. 우리
의 차림새를 보고 느꼈는지 택시 기사가 벌초하러 가느냐고 물었다. 고
향에 몇 사람 남아있지 않아 객지에 나와 사는 사람들이 버스를 전세 내
어 다녀온다고 했더니 조상님들께서 기뻐하시겠다며 부러워했다. 영등
포역 앞에 도착해 먼저 와있던 사람들과 반갑게 인사하고 버스에 올랐
다.

　　고속도로에 들어서니 이른 시간인데도 수많은 차량들로 도로는 거대
한 주차장을 연상케 했다. 예초기가 트렁크 밖으로 나와 있는 승용차들

이 가끔씩 눈에 띄어 벌초하는 시기임을 쉽게 느낄 수 있었다. 전용차선을 달리며 옆 차선에서 거북이 운행을 하고 있는 차들을 보니 우쭐한 기분이 들었다. 한참을 달려 고향 어귀에 들어서니 산 여기저기서 예초기 돌아가는 소리가 요란했다.

예초기 소리를 들을 때면 조상님들께 미안한 생각을 할 때가 있다. 기계 돌아가는 소리와 돌 부딪치는 소리가 너무나 요란하고, 더구나 갈퀴로 봉분에 어지럽게 잘려진 풀들을 치우기 위해 박박 긁어댈 때면 조상님의 머리를 긁는 것 같아 죄스러워지는 것이다.

예초기가 보급되기 전에는 일일이 낫으로 깎았다. 그러다 보니 시간이 많이 걸려 낫질할 수 있는 남자들은 모두 동원되었다. 어른들의 지시에 따라 젊은 사람들은 먼 곳을, 나이든 사람들은 가까운 곳을 맡았다. 열심히 해도 하루에 다 못했다. 나도 중학교 다닐 때 어른들 틈에 끼어 벌초를 도운 적이 있다. 서툰 솜씨였지만 어른들께 배워가며 낫질하고, 산소의 주인은 누구며 나와는 어떤 관계인지 가문에 대한 공부도 했다.

어른들의 풀 깎는 솜씨는 예술적이었다. 제멋대로 쭉쭉 뻗어있던 풀이 낫을 거쳐 손으로 모아지면 부채 모양이 된다. 그 모양이 신기해 한참씩 바라보곤 했다. 한 포기, 한 포기 베어 모은 부채꼴의 풀 주먹을 한 주먹이라 하고, 그렇게 여섯 주먹을 모은 것을 한 전이라 한다. 여섯 전을 지그재그로 지게에 쌓아 올리면 그것을 한 짐이라고 한다. 벌초가 끝나면 그 풀을 지게에 지고 가 햇볕에 말려 뒀다가 겨울에 소먹이로 쓴다. 소가 먹기 어려울 만큼 거친 풀이나 나무는 땔감으로 쓰기도 했다. 벌초를 끝내고 말끔해진 산소를 보면 후손의 한사람으로서 긍지를 가질 수 있어 뿌듯했다. 예초기로 벌초할 때는 속도가 빠르고 힘이 세다 보니 안전에 특별히 신경 써야 한다. 해마다 예초기로 벌초하다 사고 나는 뉴스를 보더라도 알 수 있다. 그렇다고 부정적인 것만 있는 것은 아니다. 내 고향 朴氏의 경우 산소가 50기쯤 되는데 고향을 떠난 사람들이 낫으로 한다면 이틀을 해도 모자랄 것이다. 그런데 네 시간이면 할 수 있으니 얼마나 능률적인가.

벌초는 두 시쯤이면 끝난다. 먼저 끝낸 사람들이 음식을 준비한 집에 모여 이야기꽃을 피우기 시작한다. 술잔이 돌고 목소리에 힘이 들어가면 벌초하느라 긴장했던 근육도 오뉴월 엿가락 녹듯 풀린다. 늦게 끝난 사람들이 모이고 조 씨 몇 사람이 더해지면 분위기는 잔칫집으로 변한다. 우리 동네는 조 씨와 박 씨의 집성촌이기에 해마다 그들이 참석하여 이야기를 보탠다. 시시콜콜 사는 얘기에서 그 옛날 어린 시절로 이야기가 옮겨 가면 분위기는 한층 고조된다. 어린 시절 이야기는 어찌하여 사라지지 않고 매년 술잔과 함께 등장하여 갈 길 먼 고향 사람들의 발길을 붙잡는지 신기하다.

어린 시절 이야기가 술과 함께 목젖으로 넘어가고 나면 이야기는 장

례문화에 대해 갑론을박이다. 여기저기 흩어져있는 묘를 한데 모아 납골당을 만들자는 의견, 현행대로 하자는 사람, 수목장을 찬성하는 사람과 화장까지…. 다양한 의견들이 나왔다. 어느 방법이 좋다고 말할 수 없을 만큼 선호하는 것도 제각각이었다. 사공이 많으면 배가 산으로 간다고 했던가. 올해도 결론 없이 끝나는 것을 보면서 또 하나의 전통문화가 사라지는 것 같아 씁쓸한 마음이 드는 것은 비단 나뿐일까.

고향의 박氏들이 살길 찾아 사방으로 흩어진 요즘, 고향에 남아 있는 사람은 팔십 넘은 사촌 형수와 홀로된 질부가 전부다. 그들마저 고향을 떠난다면 누군가는 고향을 지키고, 조상님들의 영혼을 달래기 위해 귀향의 짐을 싸야 하는 절박한 상황이 오는 것은 아닌지…. 고향에 흩어진 추억의 조각들이 예초기 소리와 함께 가슴속에 파고든다.

50년 가까이 한 가지 직업으로 살다 보니 관련업에 종사하는 사람들을 많이 만나게 되고 때로는 친구 사이로 지내는 경우도 있었다. 마음이 잘 통하는 사람끼리는 친한 친구가 되기도 한다. 그중에 H라는 사람이 있었다. 나의 친한 친구를 통해 알게 되었지만 마음을 줄 만한 사이는 아니었다.

그는 영등포에서 20대 초에 사장이 되어 세공업에 한자리를 차지하고 있었다. 경제적 능력 때문인지 항상 자신감이 넘쳤고 앞에 나서기를 좋아했다. 어딘가 모르게 상대를 깔보는 듯한 느낌도 받았다. 그때 만나고 있던 친구들 대부분은 사장 아니면 고급 기술자였다. 그들의 대화를 들어 보면 언제나 술집 아가씨의 등장과 놀음판의 이야기가 대부분이었다. 그때까지만 해도 그 사람과 단둘이 만난 적은 없고 친구들 모임에서 간간히 술 한 잔 나눌 정도였다. 어쩌다 포장마차에서 한잔하고 H라는 친구가 계산할 때 보면 양복 안주머니에서 지폐가 두둑이 들어있는 갈색 지갑을 꺼내 왼손으로 움켜쥐고 혓바닥을 내밀어 오른손 엄지와 검지에 침을 묻힌 뒤 한 장 한 장 꺼냈다. 그 모습이 그렇게 멋있어 보일 수 없었다. 아무리 계산해 보아도 기적이 일어나지 않는 한 나에게는 오를 수 없는 나무처럼 보였다.

결혼과 더불어 주어지는 삶을 살다 보니 친구들과의 만남도 뜸했다. 가난을 벗어나기 위해 애를 쓰다 보니 종로에서 공장을 하게 되었다. 시작한 지 일 년도 채 안 되었는데 전에 알고 지내던 사람들의 소식을 이런저런 사람을 통해 알게 되었다. 어떤 친구는 5층짜리 건물까지 샀다가 함량 미달의 금이 발각되어 재산을 몰수당해 어렵게 지내고 있다는 소식에서부터, 어려웠던 사람의 성공담까지 사연도 가지가지였다.

어느 날 거래처를 가다 H가 모르는 사람하고 같이 가는 것을 보고 인사를 했다. 틀림없이 그 친구였는데 모르는 척 그냥 지나쳤다. 몰라서 모르는 척 했는지 알면서도 모르는 척 했는지 아는 체한 나만 들판의 허수아비처럼 멍하니 서 있었다. 그가 나를 모르면 나도 그를 몰라야 하는데 아무리 생각해봐도 이해가 되지 않았다.

몇 년의 세월이 흘렀다. 종로에 가끔 나타나긴 하는데 여전히 나를 피하고 있는 듯했다. 아는 체라도 할라치면 얼른 고개를 돌려 골목으로 사라졌다. 사연이 있는 것이 확실한 것 같았다. 그때쯤 나는 형편이 나아져 아내가 매장 일을 보게 되었다. 몇 년 열심히 하다 보니 물건도 늘어 귀금속 잡지에 광고도 하게 되었다.

어느 날 골목에서 정면으로 그 친구와 마주쳤다. 숨을 곳도 없이 마주치다 보니 엉거주춤 인사를 건네고 바쁘다며 총총히 사라졌다. 그러던 어느 날 매장으로 찾아와 점심이나 같이하자는 것이었다. 주얼리 잡지를 보고 내가 총판을 하고 있는 것을 알았다고 했다. 점심을 먹으며 그간의 일을 물어보았으나 어떠어떠한 곳에 투자한 것이 회수回收가 늦어진다고만 이야기할 뿐 더 이상 알려주지 않았다. 그래서 중간 상인을 하고 있는데 물건 좀 대주면 열심히 팔아 주겠다는 것이다. 약간의 의심은 들었지만 별일 있으랴 싶어 천만 원 가까이 물건을 빌려주었다. 입심이 있어서인지 비교적 잘 팔아오는 편이었다. 그 일이 있은 후 그 사람은 나에게 절친한 친구처럼 대해주었다. 한 달 정도 지났을까, 중상인을 통해 그 사람의 정보를 알 수 있었다. 과거 영등포에서 모은 돈으로 놀음하다 모두 탕진하고 빈털털이가 되었다고 했다. 뜻밖이었다. 그렇게 잘나가던 사람이 빈손이 되었다니 안타깝기도 했지만 조심해야겠다는 생각이 머릿속으로 들어왔다. 아내에게 조심하고 더 이상 외상은 주지 말라고 일러주었다. 여기저기서 들리는 소문에 의하면 아직도 종로에서 일을 보고 밤에는 카드 놀음을 한다고 했다.

2008년 가을이었다. 석 돈짜리 순금반지 여덟 개의 주문을 맡아왔다. 찾아갈 날짜가 되었는데도 찾으러 오지 않았다. 약속날짜에서 사흘 정도 지나자 일을 마칠 시간이었는데 전화기를 통해 계산은 내일 와서 할 테니 사람을 보내면 물건을 보내 달라는 것이었다. 전에도 늘 그런 방법으로 거래를 해왔기 때문에 미심쩍은 생각은 들었으나 설마 하고 보내주었다. 막상 보내고 나니 이내 마음 한구석에서 불안의 씨앗이 싹트고 있었다. 그런데 내일이면 온다는 사람이 일주일이 가고 한 달이 가도 나타나지 않았다. 우려했던 것이 현실이 되었다. 외상까지 합하여 천만 원에 가까운 액수였다. 아내 보기가 미안했다. 나중에 알고 보니 우리한테만 그런 것이 아니고 대여섯 군데서 그런 방법으로 가져간 것이 오천만 원이 넘었다고 한다. 그 친구에게 당한 사장들이 내가 친구라는 것을 알고 주소를 알기 위해 며칠을 두고 찾아왔다. 나도 모른다고 했으나 그들은 믿지 않았다. 그 사람과의 관계를 아무리 설명해도 믿으려 하지 않았다.

그렇게 당당하고 잘나가던 친구가 남의 돈을 갈취할 정도로 어려웠다니 안타까웠다. 기왕에 벌어진 일이니 그 돈으로 어려움을 해결하고 개과천선하기를 바랄 뿐이다. 그 친구 모습을 생각하니 터질 듯한 갈색 지갑이 떠오른다. 그는 이 시간 어디서 무엇을 하고 있는지 친구의 두툼한 갈색 지갑이 보고 싶다.

4

여행 이야기

목
민
심
서
를

만
나
다

지난가을 4박 6일 일정으로 베트남 하롱베이와 캄보디아 앙코르와트 사원을 구경하기 위해 비행기에 올랐다. 이륙한 지 네 시간 반 정도 비행한 끝에 하노이공항에 도착했다. 남쪽에 있어서(북위17도) 무척 더울 것으로 생각했는데 우리나라 9월쯤의 날씨와 비슷했다. 공항에서 세 시간 가까이 버스를 타고 하롱베이 숙소에 도착해 여장을 풀었다.

이튿날 아침 유람선을 타기 위해 선착장으로 이동했다. 유람선에 올라 자리를 잡자 가이드의 안내가 있었다. 바다 위에 펼쳐진 섬들은 삼천 개가 넘는다고 했다. 하롱베이 바다에는 파도와 갈매기가 없다고 한다. 관광하면서 확인해 보기로 했다. 유람선이 바다를 향해 서서히 움직이기 시작했다. 십 분 정도 나아가자 에메랄드 초록빛의 잔잔한 바다 위에 펼쳐진 크고 작은 섬들이 옹기종기 모여 평화롭게 이야기를 나누고 있는 듯했다. 속으로 들어갈수록 신비함은 더했다. 사후의 세계가 이처럼 안락하고 행복했으면 좋겠다는 욕심을 내보이기도 했다. 수십 개의 눈이 하늘을 샅샅이 뒤졌지만 갈매기는 보이지 않았다.

하롱베이 관광을 마치고 하노이 시내에 들어서자 오토바이가 고물고물 움직이는 모습이 거대한 개미 행렬을 보는 듯했다. 하노이 전통시장을 구경하고 바딘 광장으로 이동했다. 광장에 들어서자 옛날 여의도에 있었던 5.16 광장이 떠올랐다. 가이드가 호찌민에 대해 안내를 했다. 그곳에는 방부 처리된 호찌민 영묘가 있었지만 수리 중이라 건물만 구경하고 호찌민의 집무실과 박물관을 둘러보았다. 다섯 평 남짓의 집무실에 허름한 책상 하나와 낡은 책장 두어 개가 놓여있었다. 국가의 지도자라는 사람이 사용했다는 것이 믿기지 않을 정도였다.

호찌민은 프랑스, 미국과의 전쟁을 승리로 이끌어 초대 대통령이 되었다고 한다. 그가 추앙받는 이유는 업적보다 검소함과 청렴함, 권력을 이용해 어떤 부귀영화도 누리지 않고 평생을 혼자 살았다는 점이라고 한다. 자동차 타이어로 만든 슬리퍼를 신고 다닐 만큼 검소한 생활 속에 국민을 사랑하고 친근함으로 소통하는 지도자라 했다. 베트남 국기에 별을 넣어 호찌민을 상징하고 화폐에도 그의 얼굴을 넣을 만큼 국민의

존경을 받았다고 한다.

그런 그가 평소에 다산 정약용의 목민심서를 가지고 다니며 읽고, 그 책속의 내용인 청렴과 검소를 실천했다고 한다. 잘 때도 머리맡에 두고 잘 정도였다고 한다. 심지어는 호찌민의 장례식 때도 목민심서를 앞세웠다는 소문이 있다고 가이드는 설명했다. 가슴 뿌듯하면서도 부끄러웠다. 그때까지 목민심서가 어떤 책인지도 모르고 있었으니 말이다. 그러자 일행 중 한 사람이 사실이 아니라고 목청을 높였다. 무거운 숙제를 안고 공항으로 이동했다.

집에 돌아와 인터넷으로 검색해 보니 호찌민이 목민심서를 애독했다는 것은 사실과 다른 것으로 많이 나와 있었다. 여기저기 찾다 보니 눈에 띄는 기사가 있어 읽어보았다. 모 신문기자가 쓴 글에 모스크바에 있는 국제 레닌 학교에서 호찌민과 박헌영, 김단야, 주세죽 등과 함께 공부할 때 박헌영이 목민심서를 건네주었다고 한다.

목민심서가 어떤 책인지 궁금하여 변진홍 선생이 엮은 책을 구입해 읽어보았다. 공무원이 지켜야 할 지침서로써 부임에서 퇴직할 때까지 지켜야 하는 1장에 6조씩 12장으로 되어있는 책이었다.

호찌민이 추구하고 살았던 애민정신과 검소하고 청렴한 생활상을 목민심서에서 찾아볼 수 있었다. 책에 나와 있는 내용 중에는 자신의 몸단

아내와 인디언

속과 마음을 깨끗이 해야 한다는 공직자의 자세와 관아에 손님을 불러들이지 않음으로써 부정부패를 원천 차단해야 한다는 내용도 있고 노인을 공경하고 어린이와 가난한 자들을 구제하는 애민 정신과 재물을 절약하는 검소 등이 호찌민의 정신과 잘 맞는다고 생각한다. 호찌민이 목민심서를 통해 청렴한 지도자의 삶을 살았는지는 확실하게 확인된 바는 없지만 그런저런 정황으로 볼 때 호찌민이 목민심서를 한 번쯤은 읽어 보지 않았을까. 공직에 있는 사람들의 필독서로 정하면 어떨까 하는 생각을 해 보았다.

목민심서에 나와 있는 내용 모두를 나의 부족한 학식으로 이해하긴 어렵지만 검소하고 청렴한 것이 무엇인가를 깨닫게 해준 소중한 여행이었다. 베트남 여행을 통해 목민심서를 만난 후 아내는 시장바구니를 줄이고 나는 수선집을 기웃거린다.

민족의 영산인 백두산에 올라 천지를 보고 싶었다. 비행기로 심양에 도착해 관광버스로 갈아탔다. 서파와 북파가 무슨 뜻인지 몰라 가이드에게 물었다. '파'라는 말이 방위를 뜻하는 말이라 했다. 시내를 벗어나 두 시간 정도 달리자 길은 한산하다 못해 적막감마저 들었다. 어떤 곳은 30분을 달려도 차 한 대 보이지 않았다. 여섯 시간 가까이 달려 숙소가 있는 통화通化에 도착했다. 이튿날 또다시 여섯 시간 정도를 달려 도착한 곳은 장백산 매표소였다. 매표소 앞 광장에는 장백산이라는 커다란 글씨가 산을 등지고 서 있었다. 그곳에는 장백산 관리국이 있어 산을 관리한다고 한다.

첫 관광은 서파였다. 매표소에서 관리국 차량으로 갈아타고 오르기 시작하자 간간이 빗방울이 떨어졌다. 산 중간쯤 오르자 안개가 온 산을 덮었다. 한 시간 정도 걸려 주차장에 도착했다. 전방 십 미터도 식별하기 어려울 정도로 안개가 짙게 끼어 있었다. 차에서 내리자 찬 공기와 안개가 훅하고 온몸을 감쌌다. 주차장에서 정상까지 나무로 된 계단이 1,442개라 한다. 정상을 다녀오는 데 한 시간 사십 분의 시간을 주었다. 일행중 남자 한 사람이 관절 때문에 아쉽게도 정상 오르는 것을 포기했다. 오르막길을 오르면 숨이 차는 기관지 확장증을 앓고 있는 나도 은근히 걱정되었다. 얼마를 올랐을까, 숨이 차서 계단에 앉아 숨 고르기를 하며 둘러보니 계단 중앙에 하얀 글씨로 125라고 적혀 있었다. 계단 아래위를 살펴보니 다섯 계단마다 숫자가 적혀있었다. 안개는 더 짙어져 가시거리 6~7m 정도밖에 안 되는 듯했다. 짙은 안개 속에서 "십 마난 십 마난(십만 원 십만 원)"하는 가마꾼의 손님 찾는 소리가 마치 잃어버린 아이를 찾는 엄마의 절규처럼 애처롭게 들렸다. 삼백 계단쯤에서 아내보고 먼저 올라가라고 했다. 아내는 정상에서 기다릴 테니 천천히 오라며 안개 속으로 숨어버렸다.

한 계단씩 한참을 오르다 숨이 차고 힘들어 계단에 앉았다. 900이라는 숫자가 희미하게 보였다. 피곤하고 손끝도 시렸다. 중국 사람들은 내 옆으로 유령의 소리와 같은 알 수 없는 소리를 남기며 안개 속으로 사라졌다. 앞으로 542계단을 더 올라야 한다. 정해진 시간을 지킬 수 있을지 걱정스러웠다. 입에서는 허파의 신음이 나를 괴롭히고 있었다. 손잡이를 잡고 다시 오르기 시작했다. 어렵게 정상에 올라 사방을 둘러보니 우뚝 서 있는 경계비가 희미하게 보일 뿐이었다. 십여 미터 거리를 두고 한쪽은 조선, 맞은편은 중국이라고 빨간 글씨로 새겨져 있었다. 어쩌다가 백두산과 장백산으로 나누어 졌는지 아쉽고 서글픈 생각이 가슴을 짓누르고 있었다. 아내가 저쪽이 천지가 있는 곳이라고 손을 들어 가리키며 사람들로부터 들었다고 했다. 가까이 다가가자 천지로 들어가지 못하게 말뚝을 박아 만든 울타리가 보였다. 울타리를 잡고 천지가 있다는 곳을 보니 두꺼운 안개 벽 때문에 아무것도 보이지 않았다. 답답하게 천지를 채우고 있는 안개 속에서 통일을 염원하는 7천만의 기도 소리가 들리는 듯했다. 가이드의 말에 의하면 우리가 도착하기 전 일주일은 천지를 보여주지 않았다고 했다. 일 년에 30일 정도만 온전한 천지를 볼 수 있다고 하니 영산이 아닐까. 아쉬움을 뒤로 한 채 매표소에 도착하니 선명한 무지개가 우리를 반기고 있었다.

이튿날 북파 투어에 나섰다. 신령께서 노여움을 푼 것일까, 서파의 날씨와는 전혀 다른 모습으로 우리를 대해주었다. 산천초목이 선명했고 골짜기마다 목화솜을 펴 놓은 듯 안개가 하얗게 채워져 있었다. 관리국 차량으로 갈아타고 장백폭포로 향했다. 그곳도 온통 목재로 길을 만들어 놓았다. 폭포가 가까워지자 유황 냄새가 코를 찔렀다. 수온이 높은 곳은 80도가 넘는다고 했고 그곳에 옥수수와 계란을 익혀 팔고 있었다. 다리와 계단을 올라 출입을 막는 울타리에 도착했다. 정상을 쳐다보니 백두산에서 가장 큰 장백폭포가 우렁찬 소리를 내며 내가 서 있는 곳을 향해 힘차게 떨어지고 있었다. 양손을 크게 벌려 천지의 정기를 온몸으로 받았다. 바로 옆에는 폭포수가 내려가고 있었다. 그곳에 물을 직접 만져볼 수 있도록 목재로 조성해 놓았다. 어떤 사람은 발을 담그고 어떤 이는 얼굴을 살짝 담가보는 사람도 있었다. 폭포수가 어떨지 궁금하여 세수를 세 번 했다. 광물질이 풍부해서인지 얼굴이 부드럽게 느껴졌다.

환승 주차장에서 천지를 보기 위해 다른 차로 갈아탔다. 서파와 달리 북파는 꼬불 구불 수십 개의 굽잇길이었다. 십여 분쯤 달리자 나무는 없고 작은 풀들이 흙과 자갈을 감싸고 있었다. 어려운 환경인데도 꽃이 피어 있었다. 아주 드물게 보라색 꽃이 있었지만 거의가 연한 노란색이거나 하얀 꽃이었다. 한쪽 방향으로 수줍은 듯 고개를 숙이고 피어있는 모습이 애처롭게 느껴졌다. 차에서 내려 산을 둘러보니 자갈과 흙이 섞여 있는 벌거벗은 산이었다. 정상까지는 십 분이면 오를 수 있다고 했다. 정상을 쳐다보니 사람들이 군데군데 몰려 사진 찍느라 아우성들이었다. 천지가 보이는 모양이었다. 사람에 떠밀려 가다 보니 정상에 도착했다. 사람들이 천지를 보기 위해 모여 있는 모습이 마치 먹이 하나를 차지하기 위해 쟁탈전을 벌이는 개미떼를 연상케 했다. 나도 한자리 차지하여 천지를 내려다보았으나 안개 때문에 천지 전체를 볼 수는 없었다. 보이는가 싶으면 없어지고 없어지는가 싶으면 다시 나타나기 때문에 사진 찍기도 어렵거니와 전체를 찍는다는 것은 선택된 사람만 가능하다는 생각이 들었다. 그야말로 변화무쌍한 천지의 모습이었다. 부분이나마 보고 간다는 것에 만족해야 했다. 어떤 사람은 다섯 번을 와도 못 본 사람이 있다는데 반만이라도 보았다는 것은 행운이라는 생각이 들었다.

안개 속에서의 힘들었던 서파를 생각하니 오십이 넘도록 가난의 깊은 터널을 벗어나지 못해 힘들었던 날들이 뇌리를 스치고 지나갔다. 오랜 세월을 서파와 같은 회색 안개 속에서 살아왔다. 남은 여생을 북파와 같은 평화로운 환경에서 보낼 수 있기를 기원해본다.

타
지
마
세
요

　모임에 갔다 온 아내가 집에 들어서자마자 중국에 있는 '구채구'에 대해 숨차게 늘어놓기 시작했다. 그곳에 다녀온 누군가가 여러 개의 표주박을 펼쳐 놓은 모양에 차고 넘치는 파란 물이 너무나 아름다웠다며 우리도 가자고 졸랐다. 이심전심以心傳心이었으나, 며칠 전 여행사 광고를 보고 구채구 호수에 취해 있었는데 잘 됐다 싶었다. 이튿날 여행사에 가서 예약하고 달력에 동그라미로 표시했다. 하루하루 날짜가 다가오자 마음은 온통 구채구 호수의 파란 물에 물들어 있었다.

　출국을 사나흘 남겨 놓고 꿈을 꾸었다. 고향에서 돌아가신 분들이 묘지 여기저기에서 불쑥불쑥 나타났다 사라지는 꿈이었다. 은근히 불안했다. 출국 하루 전에는 외출했던 아내가 돌아와 현관문을 닫는 순간, 문을 열었을 때 저절로 닫히게 하는 묵직한 도어체크가 떨어져 꿈 때문에 불안했던 마음을 더욱 심란하게 했다.

늦은 밤 성도 국제공항에 도착하니 비가 추적추적 내렸다. 나 먼저 입국 절차를 마치고 아내를 기다리는데 여권 검사원이 뭐라고 했다. 왜 그러는지 알 수 없어 두리번거리는데 이번엔 큰소리와 함께 손으로 땅바닥을 가리키고 있었다. 내려다보니 노란 선이 그려져 있었다. 안전선 밖으로 나가라는 것 같았다.

기분이 나쁜 채 여행사의 깃발을 찾아가 가이드의 안내를 듣는데 난청 때문에 불편을 겪고 있는 나로서는 도무지 무슨 말인지 알아들을 수 없었다. 가이드의 말이 빠른 데다 혀끝에서 끝 발음이 새고 있는 것도 원인 중 하나였다.

이튿날 일행이 탄 버스는 계곡을 향해 달렸다. 하늘을 향해 높게 솟은 산들은 나무가 거의 없는 거친 산이었다. 내가 본 적은 없지만 짐을 실은 말과 야크를 몰고 차마고도의 좁은 길을 아슬아슬하게 걸어갔을 모습이 애처롭게 그려졌다. 아홉 시간을 달려 숙소에 도착했다. 지대가 높아서인지 비가 을씨년스럽게 내렸고 한기가 느껴졌다.

다음 날 구채구의 신비한 호수를 보러 갔다. 매표소가 있는 광장은 사람들로 들끓었다. 가이드는 목청을 높여가며 관광할 때 지켜야 할 안전

수칙에 대해 설명했다. 사람이 많다 보니 타라는 차를 놓치는 경우가 있다고 한다. 가이드가 타라고 한 차는 새치기를 해서라도 꼭 타야 한다고 한다. 어쩌다 차를 잘못 타게 될 경우엔 몇 사람만 내리는 곳에선 절대 내리지 말고 모든 사람이 다 내리는 곳에서 내려 기다리라고 한다.

시키는 대로 하면 되지, 타지 말라는데 굳이 탈 어리석은 사람이 어디 있단 말인가. 가이드가 괜한 잔소리를 한다 생각하며 주차장으로 가니 수많은 사람이 셔틀버스를 타기 위해 차례를 기다리고 있었다. 버스가 도착하니 사람들이 우르르 몰려 질서는 어디론가 사라지고 시끄러운 소리만 골짜기를 메우고 있었다.

전쟁하듯 버스를 타고 십여 분을 달려 호수 옆에 내렸다. 방부목으로 만든 다리가 호수를 가로질러 놓여 있었다. 중간쯤에서 사진 몇 번 찍고 다시 버스에 올라 가장 큰 호수가 있는 곳에 도착했다. 해발 3,700m인 그곳은 멀리 눈 덮인 산이 보였고 그 앞으로 편백나무가 빽빽이 들어찬 산들이 파란 호수를 감싸고 있었다. 바람 한 점 없는 수면 위에는 똑같은 풍경이 복사된 듯 나타나 아름다움을 더했다. 몇 분을 걸어가 다섯 가지 영롱한 색이 뿜어져 나온다는 오채지라는 호수에 도착했다. 비가 적게 왔는지 물이 많이 줄어든 상태였다. 그래서일까, 아니면 내 마음이 맑지 않아서일까, 우리가 갔을 때는 파란색과 녹색과 흰색만 보였다.

오채지를 구경하고 주차장에 도착했다. 버스 대여섯 대 중 두 대가 사람들을 태우고 있었다. 가이드가 그쪽으로 향하여 한마디 했다. 타라는 버스는 새치기를 해서라도 타야 한다는 말이 떠올라 중국 사람들과 경쟁하며 차에 올랐다. 안도의 숨을 몰아쉬며 차가 출발한 후 차 안을 살피니 일행이 한 사람도 보이지 않았다. 먼저 탔으려니 했던 아내도 없었다. 가슴이 덜컥 내려앉았다. 그때 오채지에서 사진 찍느라 갖고 있던 아내의 전화기에서 벨이 울렸다. 반가움에 전화기를 귀에 바짝 댔지만, 알 수 없는 소리만 들리다가 끊어졌다. 두려움이 온몸을 감싸기 시작했다. 떨리는 손으로 전화 걸기를 시도했지만 연결이 되지 않았다. 몇 사람이 의자에서 일어나 내릴 준비를 하고 있었다. 순간 버스를 잘못 탔을 경우엔 사람이 모두 내리는 곳에서 내리라는 가이드 말이 떠올라 내리지 않고 있었더니 얼마를 더 내려가 넓은 주차장에서 모두 내려놓았다. 그곳에서 일행이 탄 버스가 오기를 기다렸다. 대여섯 대가 도착했으나 일행은 보이지 않았다.

몸은 아름다운 산속에 있는데 마음은 풀 한 포기 없는 광활한 사막에서 방황하고 있었다. 여행 오기 전 꿨던 꿈과 떨어진 문짝은 왜 이리 머릿속을 떠나지 않는 걸까. 가이드는 '타지 마라'고 했을 텐데 왜 내 귀엔 '타라'고 들렸을까. 무의식적이지만 나는 아직도 팽팽한 경쟁심과 긴장감으로 귀멀어 가고 있는 것은 아닐까. 살아오면서 타지 말아야 할 걸 탐적은 없었는지….

그 와중에도 매표소에 내려가서 기다리면 만날 수 있을 것 같은 생각이 들어 주차 관리하는 곳으로 갔다. 사십 대로 보이는 사람이 소리를 질러가며 줄을 세우고 있었다. 그 사람에게 다가가 말이 통하지 않는다는 것을 알면서도 '차를 잘못 타는 바람에 일행과 헤어졌다'는 말이 튀어나왔다. 갑자기 다른 나라 말을 들은 그는 잠시 멍하니 서 있었다. 그때 아내의 전화기로 신호음이 울렸다. 귀에 바짝 갖다 대니 가이드의 목소리가 들렸다. 통화가 끊어질까 겁이나 얼른 관리요원에게 전화기를 건넸다. 엉겁결에 전화기를 건네받은 그 사람은 눈을 크게 뜨고 몇 마디 말을 주고받더니 미소를 띠었다. 그 사람의 손짓을 따라 간 곳은 식당이었다. 안으로 들어서니 일행들이 식탁에 둘러 앉아 각각의 표정으로 나를 응시했다. 몇 사람은 당신 때문에 우리가 얼마나 피해를 보고 있는지 아느냐고 따지는 듯한 얼굴이었다. 얼굴이 후끈거렸다. 어떤 말이든 한마디해야 할 것 같아 자리에서 일어나 "제가 난청이 있어서…." 라고 하는데 갑자기 아내가 목소리를 높여 "당신 때문에 내가 얼마나 난처했는지 알아? 왜 타지마세요 했는데 타 가지고 다른 사람들에게 피해를 줘?" 하며 눈시울을 붉히고 있었다.

난청이 있는데다 말귀까지 못 알아들은 슬픔이 목구멍까지 차올라 밥도 넘어가지 않았다. 그리고 가이드의 '타세요, 타세요…' 하는 목소리가 숙소까지 따라와 밤새도록 나를 버스에 태워 이리저리 끌고 다녔다.

희와자품
오예군
이서사작

鐵石心腸

雅賢李五熙

복 있는 사람은 악인들의 꾀를 따르지 아니하며 죄인들의 길에 서지 아니하며 오만한 자들의 자리에 앉지 아니하고 오직 여호와의 율법을 즐거워하여 그의 율법을 주야로 묵상하는도다 그는 시냇가에 심은 나무가 철을 따라 열매를 맺으며 그 잎사귀가 마르지 아니함 같으니 그가 하는 모든 일이 다 형통하리로다 악인들은 그렇지 아니함이여 오직 바람에 나는 겨와 같도다 그러므로 악인들은 심판을 견디지 못하며 죄인들이 의인들의 모임에 들지 못하리로다 무릇 의인들의 길은 여호와께서 인정하시나 악인들의 길은 망하리로다

시편 일편 아현 이오희

시편 1편 |70×135cm

벗을택하되반드시학문을숭상하고착한일
을좋아하며바르고엄숙하고정직하고성실
한사람을선택하라그와함께거처하면서그
벗의법도를진심으로받아들여나의부족함
을다스릴것이요만일태만하여장난을좋아
하거나유약하고아첨하며정직하지못한자
는사귀지말아야한다 아현이오희

율곡 선생의 「격몽요결」 중에서 | 70×135cm

아침마다 소나무 향기에 잠이 깨어 창문을 열고 기도합니다 오늘도 하루도 솔잎처럼 예리한 지혜와 푸른 향기로 나의 사랑이 변함없기를 찬물에 세수하다 말고 비누 향기 속에 풀리는 나의 아침에게 인사합니다 오늘 하루도 온유하게 녹아서 누군가에게 향기를 물히는 정다운 벗이기를 평화의 노래이기를

이해인님시 아현이오희

젖지않고피는꽃이어디있으랴이세상그어떤빛
나는꽃들도다젖으며피었나니바람과비
에젖으며꽃잎따뜻하게피웠나니젖지않고가는
삶이어디있으랴 도종환님시 아현이오희

도종환의 「흔들리며 피는 꽃」 | 35×135cm

저산에머무는구름처럼내마음머물게하는그때

언제인가작은들꽃하나내가슴에심어두은하

륵꽃향기를가득채워주는그때갈일에맺힌

이슬처럼새벽을소외로오는그때 아현이오희

박영웅 시 | 35×135cm

오며 치를꽃 세상이로 황홀했겄이거니 어느새 꽃지고 어
지럼 중만 일어 져 마지막 이 구나 사랑도 그려 하듯한 세월
지나며 꽃 머립들흔드는 것뉘 와서 막을 수있으라 하늘
스스로의 뜻인것을　정차숙님의 섭리 아현이오희

내 삶의 자락에서 아름다운 당신을 만나 참 행복합니다
다 푸슨한 모습으로 향기를 품고 신 비로운 색깔로 사
랑의 느낌을 물씬 풍겨 주는 당신이 쩨 는 멀어질 수 없
는 인연이 된 것 같습니다

정우찬 님 시 아현 이오희

정우찬의 「당신을 만나서 참 행복합니다」 | 35×135cm

나는많은사람을사랑하고싶지만않으라많은사람과사귀기
기도원치않는다나의인생에한두사람과끊어지지않는
아름답고향기로운인연으로죽기까지지속되길바란다

우안진님의 지란지교를꿈꾸며에서 아현이오희

유안진의 「지란지교를 꿈꾸며」 | 35×135cm

이수익의 「나에겐 병이 있었노라」 | 35×135cm

사군자

梅一生寒不賣香

雅賢李五熙

34.5×45cm

35×68cm

34×67cm

鐵石心腸

雅賢李五熙

35×68cm

57.5×45cm

幽蘭本自香
不用風相借
雅賢李玉照

35×68cm

丁酉初春
雛賢李五熙

34.5×45cm

深谷暖雲飛
重巖花發時
推賢李五
熙

68×35cm

34.5×45cm

東籬佳色

雅賢李五熙

34.5×68cm

青竹

李賢雕
五賢配
祀

68×45cm

蘭香萬里

稚賢李五熙

35×68cm

明寒歲結暗心貞

李戊賢雅敦

68×45cm

黄花先發未秋時

雅賢李五熙

34.5×68cm

부채

아내와 인디언

수필가 박희만이 쓰고 아내 이오희가 그린 인생 이야기

인디언

박희만 수필집